Margarete Bertschik / An diesem Tag

AF400189

Zum Inhalt

Das Leben ist bunt und vielfältig: manchmal traurig und erschreckend, manchmal amüsant und überraschend, aber manchmal auch einfach nur alltäglich. In den hier versammelten fünfzehn Kurzgeschichten und Essays erzählt die Autorin von diesem Leben. Ob ein tragisches Unglück plötzlich das Leben einer jungen Familie zerstört oder eine Jugenddummheit die Beziehung eines jungen Paares überschattet, ob ein kleines Mädchen in der Schule eine Prüfung durchsteht oder ob eine Krankenschwester ungewollt schuldig wird am Tod eines Menschen, immer ist es ein emphatischer Blick, mit dem die Autorin die Personen schildert, denen das Ereignis widerfährt.

Zur Autorin

Margarete Bertschik wurde 1951 geboren, ist verheiratet und Mutter zweier erwachsener Söhne. Nach ihrer beruflichen Tätigkeit als Gymnasiallehrerin absolvierte sie 2014/2015 ein Studium zur Autorin und machte damit ihr langjähriges Hobby, das Schreiben von Kurzgeschichten, Erzählungen und Romanen zu ihrem zweiten Beruf.
2016 erschien ihr erster Kurzgeschichtenband mit dem Titel „Der Tod ist nicht fair – das Leben auch nicht", dem nun der zweite Band folgt.
https://www.autorin-margarete-bertschik.de

Margarete Bertschik

An diesem Tag

und andere Erzählungen

Die Bibliografische Information der Deutschen Bibliothek

Die Deutsche Bibliothek verzeichnet diese Publikation in der deutschen Nationalbibliografie; detaillierte bibliografische Daten sind im Internet über www.d-nb.de abrufbar.

Verlag: BoD · Books on Demand GmbH, In de Tarpen 42, 22848 Norderstedt
Druck: Libri Plureos GmbH, Friedensallee 273, 22763 Hamburg
© Margarete Bertschik, 2024
ISBN: 978-3-7597-4301-5

Inhalt

An diesem Tag

An diesem Tag
wachte Carsten Millberg besonders gutgelaunt auf. Er blinzelte in das Sonnenlicht, das durch die Rillen der Rollläden drang und einen dieser geradezu kitschig schönen Spätsommertage verhieß. Genüsslich streckte Carsten alle Muskeln seines Körpers bis hin zu den Zehen und gähnte dabei ausgiebig. Insa lag abgewandt von ihm auf der Seite, sodass er nur ihren braunen Haarschopf sehen konnte. Sie gab friedliche kleine Schnarchgeräusche von sich, die Carsten zum Lächeln brachten. Insa bestritt zwar vehement, dass sie schnarchte, aber tatsächlich war sie diejenige von ihnen beiden, die Nacht für Nacht vor sich hin sägte. Gott sei Dank störte es ihn nicht; er konnte trotzdem schlafen wie ein Murmeltier.

Wie spät mochte es sein? Er warf einen Blick auf die Digitalanzeige des Weckers. Erst kurz nach sieben. Noch zu früh zum Aufstehen. Er verschränkte seine Arme hinter dem Kopf und genoss die morgendliche Stille.

Auf den Tag heute freute sich die ganze Familie schon lange. Carsten hatte den Kindern versprochen, mit ihnen den Freizeitpark zu besuchen. Zwar rissen die Kosten für die Tageskarten und die unvermeidlichen Bratwürste mit Pommes Frites ein ganz schönes Loch in ihre Haushaltskasse, schließlich waren sie fünf Personen , aber die Überstunden, die er im Moment machen konnte, brachten gutes Zusatzgeld. Gott sei Dank war die Auftragslage in der kleinen Malerfirma, in der er arbeitete, zur Zeit wirklich gut. Sein Chef hatte zufrieden verkündet, dass sie für das nächste halbe Jahr ausgebucht wären. Und die neue Auszubildende, die kleine Mia, brachte mit ihrem blonden Pferdeschwanz und dem rosa T-Shirt unter der weißen Malerlatzhose seit Kurzem zusätzliche Lichtblicke in den Arbeitsalltag. Tim, der Geselle, wurde immer ganz unruhig, wenn Mia auf der Leiter stand und die Tapeten klebte. Carsten grinste in sich hinein bei dem Gedanken an Tims schmachtende Blicke.

Ihm wurde langweilig im Bett. Er beschloss, aufzustehen und das Frühstück vorzubereiten.

An diesem Tag
wurde Insa Millberg von dem leisen Geschirrgeklapper in den Küche geweckt. Carsten macht Frühstück, nett, dachte sie. Sie dehnte ihre Glieder unter der schlafwarmen Decke. Es war schön gewesen gestern Abend! Sie hatten gemeinsam das 'Quiz des Menschen' im Fernsehen geschaut und dabei ein paar Gläser Wein geleert. Eigentlich trank Carsten lieber Bier, aber hin und wieder leistete er ihr auch bei einer Flasche Rotwein Gesellschaft. Meistens dann, wenn er Lust hatte mit ihr zu schlafen. Was er dann auch getan hatte. Es war wirklich schön gewesen. Er konnte so liebevoll und zärtlich sein, ihr Carsten. Jetzt waren sie schon so lange verheiratet und immer noch machte es ihnen Spaß, miteinander zu schlafen. Zwar nicht mehr so oft wie früher, aber oft genug. Und immer war es schön.

Insa hörte eine helle Kinderstimme aus der Küche. Aha, Tinchen war wach. Gleich würde sie ins Schlafzimmer kommen, schauen, ob sie schon aufgewacht war und dann in ihr Bett kriechen und sich an sie kuscheln, ihre Kleine. Die beiden Großen schliefen sicher noch; sie waren morgens kaum wachzukriegen. Heute, am Samstag, durften sie ruhig etwas länger schlafen als an den Schultagen.

An diesem Tag
verlief das Frühstück bei der Familie Millberg in ausgelassener Stimmung. Julian, der Zehnjährige, bedeckte sein Brötchen zentimeterdick mit Nutella, ohne sich darum zu kümmern, dass seine Lippen beim Abbeißen vollständig mit der braunen Creme verschmiert wurden. Lea, seine große Schwester, klopfte den Takt der Rap-Musik, die sie in ihren Kopfhörern hörte, mit der linken Hand auf den Tisch, während sie mit der rechten ihr Bananenmüsli löffelweise verschlang. Sie hatte gerade eine Zwei in Englisch geschrieben und voller Stolz zu Hause abgeliefert. Der Ausflug heute erschien ihr als die angemessene Belohnung dafür.

An diesem Tag
beschloss Tinchen Millberg ihre pinkfarbenen Leggings, die Söckchen mit den Marienkäfern, das gelborange Kleid und den rosafarbenen Taftrock anzuziehen. Außerdem wollte sie die goldene Pappkrone von ihrem Geburtstag aufsetzen. Als ihre Mutter entsetzt ausrief: „Wie siehst du denn aus?", brach sie in Tränen aus und weigerte sich mitzukommen, wenn sie nicht so angezogen bleiben durfte, wie sie war. Ihre Mutter kapitulierte.

An diesem Tag
warf Ralf Larssen, der Besitzer des Wing Coasters „Flug der
Ungeheuer" im Vergnügungspark, einen zufriedenen Blick
zum Himmel. Es war ein perfekter Tag: Schönes Wetter,
Samstag, Monatsanfang. Tags zuvor waren die Gehälter und
Löhne ausgezahlt worden; das bedeutete, die Familien ver-
fügten über frisches Geld. Es würde voll werden heute, das
wusste er. Gott sei Dank! Denn das neue Fahrgeschäft hatte
Millionen gekostet, die sich noch längst nicht amortisiert
hatten. Die Achterbahn musste ununterbrochen laufen, um
eine ausreichende Summe einzuspielen. Ein einziger verreg-
neter Tag, und schon machte er Verluste. Aber heute würde
die Kasse klingeln, das war sicher.

An diesem Tag
standen Insa, Lea und Tinchen Millberg unten an der Kasse
des Wing Coasters „Flug der Ungeheuer" und sahen bewundernd zu Vater und Bruder auf, die sich in einem der Sitze
festschnallten. Die Sitze waren an den schwarzgold lackier-
ten Flügeln der 'Ungeheuer' montiert, die aussahen wie
eine Mischung aus Drachen und Fledermäusen, und wirkten
beunruhigend leicht und fragil. Insa und Lea trauten sich
nicht mitzufahren und Tinchen war noch zu klein für das
halsbrecherische Abenteuer in dem achterbahnähnlichen
Ungetüm.

An diesem Tag
löste sich aus einem Grund, der später genauestens untersucht werden würde, eine Schraube an einer der fünf-

teiligen Sitzkonstruktionen, die dieses Mal mit nur zwei Jugendlichen besetzt war. Die Konstruktion riss aus der Verankerung und flog in einem hohen Bogen meterweit durch die Luft, bevor sie auf den Platz vor dem Fahrgeschäft auf den Boden prallte und dabei Insa, Lea und Tinchen Millberg erschlug.

An diesem Tag
meldete die ARD in der 20:00-Uhr-Tagesschau, dass ein furchtbares Unglück in einem Vergnügungspark drei Tote und zwei Schwerverletzte gefordert habe. Eine halbe Familie, die 38jährige Mutter und die zwölf und fünf Jahre alten Töchter seien dabei ums Leben gekommen; Vater und Bruder hätten hilflos mitansehen müssen, wie das Unglück geschah. Zwei Jugendliche im Alter von sechzehn und siebzehn Jahren seien mit schweren Verletzungen in ein Krankenhaus eingeliefert worden. Die Ursache der Unfalls sei noch ungeklärt; man vermute einen Materialfehler in der Konstruktion des Fahrgeschäftes.

Herr Olschewski tut Gutes

Herr Olschewski war ein zufriedener Mann. Für seine siebenundsechzig Jahre erfreute er sich einer soliden Gesundheit, wozu seine Leidenschaft für ausgedehnte Wanderungen durch die schönen Landschaften Deutschlands ihren Teil beitrug, ebenso wie seine gesunde Lebensweise mit wenig Alkohol und mäßigem Essen. Zigaretten oder sonstige Drogen hatte Herr Olschewski in seinem ganzen Leben nicht angerührt. Zu diesem erfreulichen Zustand trug zudem sein ausgeglichenes, geradezu optimistisches Wesen bei, das es ihm unmöglich machte, sich lange über was auch immer zu ärgern oder zu grämen.

Seit seiner Pensionierung verfügte Herr Olschewski zudem über viel freie Zeit, die er mit Reisen in alle Welt verbrachte. Als ehemaliger Geografie- und Geschichtslehrer interessierten ihn dabei besonders die außergewöhnlichen Gegenden des Erdballs, etwa der Grand Canyon oder die Taiga oder die Sahara. Aber wohin er auch reiste: Überall gab es neben ihm noch viele weitere Touristen, sodass er sich auf seinen einsamen Wanderungen in der Heimat von den vielen Menschen erholen musste.

Nicht, dass Herr Olschewski etwas gegen Menschen hatte, im Gegenteil: Er konnte ein durchaus amüsanter und eloquenter Gesellschafter sein. Er war gern Lehrer gewesen, hatte die Kinder und Jugendlichen gemocht und nach bestem Wissen gefördert und erzogen, auch wenn er sich in den letzten Jahren durchaus im Klaren darüber war, dass er in den Augen seiner Schüler einer hoffnungslos altmodischen Generation angehörte, die man nicht mehr ganz ernst nehmen konnte. Zugegebenermaßen hatte Herr Olschewski sich mit der neuen Technologie, die überall in den Schulalltag eingezogen war, nicht so recht anfreunden können. Deshalb war es ihm ganz recht gewesen, als er den Schuldienst reduzieren musste, um seine alte Mutter, die zwar geistig immer noch fit war, aber körperlich stark abbaute, zu pflegen. Dieser Kindespflicht war Herr Olschewski liebevoll und gewissenhaft nachgekommen, bis seine Mutter schließlich, zweiundneunzigjährig, vor drei Jahren gestorben war.

Nun lebte Herr Olschewski allein in dem bescheidenen, aber seiner Ansicht nach durchaus komfortablen Häuschen, das er zeitlebens bewohnt und nun von seiner Mutter geerbt hatte. Nicht, dass es im Leben Herrn Olschewskis nicht auch die eine oder andere Liebesbeziehung gegeben hätte, aber es war nie zu einer Heirat gekommen. Die Gründe dafür lagen zum Teil an der engen Beziehung zu seiner Mutter - sein Vater war früh verstorben, Geschwister hatte er leider nicht - aber der tiefere Grund lag in der Tatsache, dass sein Gefühl für die jeweilige Frau nicht ausgereicht hatte für eine lebenslange Bindung. So war er schließlich allein geblieben und durchaus zufrieden damit.

Er liebte es, den Blumengarten zu pflegen, etwas Gemüse und einige Gewürzkräuter anzubauen und seine selbst gekochten Mahlzeiten mit den Erträgen aus dem Garten zu bereichern. Finanzielle Sorgen hatte Herr Olschewski nicht, im Gegenteil, das Häuschen war längst abbezahlt, ebenso der drei Jahre alte Toyota, der in der Garage stand, und seine Pension als Oberstudienrat i. R. war üppig. So üppig, dass Herr Olschewski jeden Monat Geld übrig behielt, das sich mit der Zeit auf seinem Girokonto anhäufte.

Deshalb beschloss Herr Olschewski, mit seinem Geld etwas Gutes zu tun. Da er keine Verwandten besaß, die er beschenken konnte, spendete er ansehnliche Beträge an Hilfsorganisationen aller Art: Greenpeace, Ärzte ohne Grenzen, Deutsches Rotes Kreuz, an den Tierschutzverein und viele andere gemeinnützige Vereinigungen. Er übernahm die Patenschaft für drei Kinder in der dritten Welt, indem er monatliche Beträge an die entsprechende Organisation überwies, und freute sich über die Briefe dieser Kinder, die ihn aus Nepal, Nigeria und Brasilien erreichten. Wenn an der Haustür gesammelt wurde, etwa für die freiwillige Feuerwehr oder von den Sternsingern für diverse gute Zwecke, zeigte sich Herr Olschewski immer überaus großzügig.

Doch dann geschah es, dass Fortuna unverhofft ihr Füllhorn über Herrn Olschewski ausgoss und er in Verlegenheit geriet.

Er gewann im Lotto! Jahrzehntelang hatte er jede Woche einen Lottoschein ausgefüllt, immer mit den gleichen Zahlen: den Geburtsdaten seiner Mutter und seinen eigenen, ohne sich große Hoffnungen auf einen Gewinn zu machen. Manchmal hatte er drei oder sogar vier Richtige gehabt und kleinere Geldbeträge gewonnen. Diesmal aber hatte er sechs Richtige mit Zusatzzahl!

2 300 430, 32 € hatte er gewonnen! In Worten Zweimillionendreihunderttausendvierhunderunddreißig Euro und zweiunddreißig Cent. Er konnte es nicht fassen!

Ein Finanzberater seiner Bank kam und erläuterte ihm einen ganzen Nachmittag lang, welche Möglichkeiten es gab, das Geld sicher und gewinnbringend anzulegen. Es lief darauf hinaus, dass Herr Olschewski nun jeden Monat zusätzlich zu seiner Pension noch mehrere hundert Euro Gewinn aus den Anlagegeschäften erzielte, ohne das Kapital angreifen zu müssen. Er war reich!

Herr Olschewski erwog, in ein größeres Haus zu ziehen, eine Villa etwa, mit Swimmingpool und großem Park drumherum. Aber schnell nahm er Abstand von dieser Idee, denn er fühlte sich wohl und heimisch in seinem kleinen Häuschen. Warum sollte er das ändern? Auch überlegte er, sich ein größeres Auto zu kaufen. Immerhin, der Toyota war schon ein paar Jahre alt, aber er war gerade erst durch den TÜV gekommen, und Herr Olschewski mochte sein Auto. Es war bequem und handlich und er hatte sich daran gewöhnt. Sollte er vielleicht eine große, monatelange Weltreise unternehmen? Herr Olschewski wusste aus Erfahrung, dass er nach vierzehn Tagen anfing, sich auf zu Hause zu freuen.

Nein, er hatte keine Verwendung für das Geld. Aber andere Menschen schon, dachte Herr Olschewski. Er fing an, die lokale Tageszeitung daraufhin zu durchforsten, wo in seiner Stadt Geld gebraucht wurde. Etwa für den neuen Kindergarten oder die dringend benötigte Kinderkrippe. Für die Jugendbibliothek, den Spielplatz in dem neuen Wohngebiet, für die Pflege des alten Soldatenfriedhofs oder die Sanierung der Bänke im Stadtpark. Er kaufte sich wattierte DinA-

4-Umschläge und füllte sie mit großen Geldscheinen. Er tippte auf seinem Computer eine Mitteilung, wofür die Spende verwendet werden sollte, unterzeichnete mit „Ein Freund" und verschickte sie ohne Absender an die entsprechenden Verantwortlichen. In der örtlichen Presse las er anschließend aufgeregte Artikel über den anonymen Wohltäter, der die Stadt mit seinen Spenden beglückte, und schmunzelte darüber. Auf diese Weise wurde er im Laufe der Monate einige zehntausend Euro los, was aber seinen Reichtum kaum schmälerte.

Eine neue Möglichkeit fiel ihm ein. Bei seinem letzten Einkaufsbummel in der nahe gelegenen Großstadt hatte er Menschen gesehen, die am Straßenrand saßen und bettelten. Unglückliche Individuen, die am Leben gescheitert waren, ohne Arbeit und obdachlos, oft alkoholkrank oder drogenabhängig. Diesen Menschen wollte er nun helfen. Er bestückte diesmal zehn schlichte weiße Briefumschläge mit je zehntausend Euro und klebte sie zu. Am darauffolgenden Samstag fuhr er in die Stadt und bummelte durch die Fußgängerzone. Bald fand er geeignete Kandidaten für seine Spenden: ein Straßenmusikant, der auf seiner Gitarre mehr schlecht als recht Evergreens klimperte, zwei tätowierte, mit etlichen Piercings versehene Jugendliche, die die Welt um sich herum kaum wahrzunehmen schienen in ihrem offensichtlichen Drogenrausch, ein Straßenmaler, der ein dem Original nur wenig ähnelndes, überdimensionales Bild der Mona Lisa auf das Pflaster malte, ein bärtiger Alter mit Hut, dessen struppiger Hund mit aufmerksamen Augen die Hand, die den weißen Umschlag auf den Pappbecher legte, misstrauisch beäugte.

Es dauerte nicht lange, da war Herr Olschewski seine Briefumschläge los. Den letzten drückte er einer Frau mit olivfarbener Haut und langem schwarzen Haar, das mit zahlreichen grauen Fäden durchsetzt war, in die offen dagehaltene Hand. In ein großes Tuch gehüllt, kauerte die Bettlerin neben einem Stoffbündel auf einer Decke, die Augen niedergeschlagen. Eine Ausländerin offenbar. Als sie den Briefumschlag bemerkte, schaute sie kurz auf und Herr Olschewski fing einen Blick aus ihren schwarzen, unendlich traurigen Augen auf. Schnell ging er weiter.

Als er nach Hause fuhr, überlegte er, was diese Menschen jetzt mit dem Geld wohl anfangen würden. Er machte sich keine Illusionen darüber. Sicher würde ein Teil des Geldes in Alkohol oder Drogen umgesetzt werden, aber vielleicht würde es dem einen oder anderen helfen, aus seiner prekären Situation herauszufinden. Das jedenfalls hoffte Herr Olschewski. Besonders der Frau mit den traurigen Augen wünschte er, dass die Zehntausend sie in den Stand setzen würden, sich aus ihrer Notlage zu befreien. So konnte sie sich etwa mit dem Geld in ein Hotel einmieten für einige Zeit, von dort aus in Ruhe eine Wohnung suchen und sich beim Arbeitsamt um eine Stelle bemühen, stellte Herr Olschewski sich vor. Wenn sie illegal hier war, würde sie vielleicht eine Fahrkarte nach Hause kaufen und mit dem übrigen Geld dort eine Existenz aufbauen. So hoffte er.

Herr Olschewski beschloss, die Spendenaktion zu wiederholen.

Vierzehn Tage später machte er sich also wieder auf den Weg in die Stadt, mit weiteren gleichermaßen bestückten zehn Kuverts in der Tasche. Diesmal begann er mit der Verteilung am Bahnhof, wo es keinen Mangel an Kandidaten für seine Spenden gab. Als er schließlich mit nur noch einem Umschlag durch die Fußgängerzone ging, sah er zu seinem Erstaunen an dem gleichen Platz wie beim letzten Mal die Frau mit den traurigen Augen sitzen. Damit hatte er nicht gerechnet. Wieso musste sie immer noch hier sitzen und betteln? Was hatte sie mit dem Geld angefangen? Neugierig näherte er sich der Frau und blieb vor ihr stehen. Sie schaute nicht zu ihm hoch, sondern hielt nur ihre leere Hand ausgestreckt. Er beugte sich zu ihr hinunter, nahm das Kuvert aus der Tasche und zeigte es ihr.

„Guten Tag", grüßte er höflich. „Entschuldigen Sie, aber ich bin derjenige, der Ihnen vor zwei Wochen solch einen Umschlag gegeben hat. Erinnern Sie sich?"

Die Frau zog ihre Hand erschrocken zurück und sah ihn scheu an. In ihren schwarzen Augen stand Unverständnis. Ängstlich blickte sie um sich und machte Anstalten aufzustehen.

„Keine Angst", versuchte Herr Olschewski sie zu beruhigen, „ich tue Ihnen nichts." Er lächelte sie freundlich an und ging neben ihr in die Hocke, ohne sich um die erstaunten Blicke der vorbeieilenden Passanten zu kümmern. Misstrauisch rückte sie von ihm ab.

„Ich nichts getan, bitte! Nicht verhaften!", stammelte sie. Offensichtlich verstand sie kaum Deutsch und glaubte, er wäre von der Polizei.

„Nein, nein, ich bin nicht die Polizei. Keine Angst! Ich habe Ihnen solch einen Umschlag gegeben, schauen Sie!" Er zeigte ihr den Briefumschlag mit dem Geld. Ein Zeichen des Erkennens zeigte sich in ihren Augen.

Sie schien ihn zu verstehen. Auf ihrem dunklen Gesicht erschien ein zaghaftes Lächeln. Sie wies mit einer schüchternen Geste auf ihn. „Du ... mir geben Geld?"

„Ja", bestätigte Herr Olschewski nickend. Unversehens griff sie nach seiner Hand und küsste sie. „Dank", stammelte sie ein ums andere Mal, „Dank für vieles Geld. Du mir helfen. Du guter Mann!"

„Aber warum sind Sie immer noch hier und betteln?", fragte er, wobei er versuchte, mit entsprechenden Gesten die Bedeutung seiner Worte zu veranschaulichen. „Warum nicht zu Hause? Heimat?" Offenbar hatte sie nur das Wort „Heimat" verstanden.

„Heimat Rumänien. Bukarest", sagte sie. Dann zog sie aus einer Tasche ihrer Jacke ein zerknittertes Foto hervor und hielt es Herrn Olschewski hin. „Familie, Söhne, Töchter. Keine Arbeit, kein Haus. Viel Not. Hunger."

Herr Olschewski betrachtete das Foto. Es zeigte zwei junge Paare mit einer Reihe von Kindern jeden Alters. Offenbar Roma. Im Hintergrund eine Ansammlung elender Hütten vor einer riesigen Müllhalde.

„Du mir geben Geld, ich schicken Heimat. Familie jetzt Wohnung, vielleicht bald Arbeit. Dann ich fahren Bukarest." Wieder griff sie nach seiner Hand, um sie zu küssen, was Herr Olschewski verhinderte, indem er sich erhob. Er hatte verstanden, dass sie illegal nach Deutschland gekommen war, um für ihre Familie Geld zu erbetteln. Wahrscheinlich schlief sie auf der Straße oder in einem Obdachlosenheim, gönnte sich selbst nichts, damit sie jeden erbettelten Euro nach Hause schicken konnte, wo er ein Vielfaches dessen wert war, was er hier bedeutete. Herr Olschewski nahm den letzten seiner zehn Geldumschläge und drückte ihn der Frau in die Hand. „Du nehmen Geld und gehen Bahnhof“, sagte er, während er in die entsprechende Richtung deutete. Unwillkürlich hatte er seine Sprache ihrem gebrochenen Deutsch angepasst. „Du fahren nach Hause, Bukarest. Zur Familie.“ Er deutete auf die Fotografie, die die Frau immer noch in der Hand hielt. „Du kaufen Haus, alle finden Arbeit, alles ist gut.“ Die Frau nickte eifrig und lächelte dankbar, ein Lächeln, das das Herz des Herrn Olschewski erwärmte. Er half der Frau beim Aufstehen, sah zu, wie sie ihre Decke zusammenrollte und in ihrem Bündel verstaute, ihm noch einmal zunickte und sich auf den Weg Richtung Bahnhof machte.

Zufrieden sah er ihr eine Weile nach, dann machte er sich auf den Heimweg. Er drehte sich nicht noch einmal um, sonst hätte er gesehen, wie in einiger Entfernung zwei Männer auf die Frau zugingen, schwarzhaarig, mit olivfarbener Haut, ihr den Umschlag mit dem Geld abnahmen und verschwanden. Die Frau breitete an einer geschützten Ecke neben einem Hauseingang wieder ihre Decke aus, ließ sich darauf nieder und streckte die Hand zum Betteln aus.

Natürlich blieb Herr Olschewski auf seinen großherzigen Spendentouren nicht unbemerkt. Wie ein Lauffeuer hatte sich im Milieu die Kunde herumgesprochen, dass ein offenbar verrückter Alter in der Gegend herumlief und Geld verteilte. Und nicht nur ein paar lausige Euro, sondern richtig große Summen! Tausende! So kam es, dass Herr Olschew-

ski, als er nach zwei Wochen wiederum mit zehn prall ge-
füllte Umschlägen in seinen Manteltaschen durch die Straßen ging und gerade einer jungen Geigerin, die herzzerreißend auf ihrer Violine spielte, einen Umschlag in ihren geöffneten Geigenkasten gelegt hatte, plötzlich von zwei Männern links und rechts gepackt und in eine ruhige Seiten-
straße gezerrt wurde. Dort nahmen die Verbrecher ihm
ohne viel Federlesens alle seine Umschläge ab; sogar das
Geld aus seiner Brieftasche nahmen sie mit. Der Größere
von ihnen versetzte Herrn Olschewski zum Abschluss einen
heftigen Schlag in die Magengrube, sodass er zusammen-
klappte wie ein Taschenmesser und sich auf das Straßen-
pflaster übergab.

Der Beamte auf dem Polizeirevier, bei dem er Anzeige
wegen räuberischen Überfalls erstattete, konnte kaum
glauben, dass er tatsächlich mit hunderttausend Euro in bar
in der Gegend herumgelaufen war. „Das ist geradezu sträf-
licher Leichtsinn", rügte er Herrn Olschewski, „Sie können
von Glück sagen, dass Ihnen nichts Schlimmeres passiert ist.
Es sind schon Menschen für weit weniger umgebracht worden." Da die beiden Männer eine schwarze Motoradkluft
getragen hatten und durch die Helme die Gesichter nicht zu
sehen gewesen waren, machte sich Herr Olschewski keine
allzu großen Hoffnungen, dass die Räuber gefasst würden
und er sein Geld zurück erhalten würde.

Frustriert und unzufrieden fuhr Herr Olschewski nach Hause
und bereitete sich zum Trost ein Drei-Gänge-Menü mit frischem Gemüse aus seinem Garten zu. Noch immer hatte
sich sein Vermögen kaum verringert. Es muss doch möglich

sein, mit dem Geld etwas Gutes und für seine Mitmenschen Hilfreiches anzufangen, dachte er. Sollte er es doch einer der großen Organisationen spenden wie „Brot für die Welt" oder „Misereor"? Unmerklich schüttelte Herr Olschewski den Kopf. Nein, irgendwie behagte es ihm nicht, dass sein Vermögen in einen großen, anonymen Topf einging und er nicht wusste, was genau damit geschah und welchen Menschen es zugutekam.

Seine Patenkinder fielen ihm ein. Wie schön es war, ihr Leben zu verfolgen, sie größer werden zu sehen unter der Obhut der Hilfsorganisation vor Ort. Besonders, da er keine eigenen Kinder besaß. Plötzlich hatte er eine Idee. Wenn er nun nicht nur drei, sondern, sagen wir, hundert Kinder unterstützen würde? Mit monatlich, sagen wir, hundert Euro? Das wären zehntausend Euro im Monat. Wenn er von seinem Kapital jährlich 120 000.- € verbrauchen würde, könnte er zwanzig Jahre lang Gutes tun! Dann würde er 87 Jahre alt sein, so Gott wollte, und könnte sich getrost zur Ruhe setzen.

Herr Olschewski war Feuer und Flamme für seine Idee. Er blätterte die Broschüre der Hilfsorganisation durch und überlegte, in welchen Ländern der Welt er Patenkinder haben wollte. Er würde sich vor allem für Mädchen stark machen, denn Mädchen waren oft besonders benachteiligt. Schon jetzt fing er an, sich auf die vielen Briefe zu freuen, die er aus aller Welt erhalten würde. Er fand die Nummer der Hilfsorganisation und unterbreitete der überraschten Mitarbeiterin sein Vorhaben. Sie versprach ihm die nötigen Unterlagen zuzuschicken und bedankte sich überschwänglich für seine Großzügigkeit.

Herr Olschewski lehnte sich in seinem Sessel zurück, verschränkte die Arme hinter seinem Kopf und lächelte vor sich
hin. Er war wieder ein zufriedener Mann.

[23]

Die Schwester

Judith hatte ihr Auto einige Häuser weiter in einer der beiden Parkbuchten abgestellt, die in dieser vornehmen Straße Hamburgs für Besucher vorgesehen waren. Das Haus, in dem Philipps Eltern wohnten, machte einen gepflegten und überaus seriösen Eindruck. Fast ein bisschen spießig, dachte Judith.

Der Vorgarten zeugte von gewissenhafter gärtnerischer Pflege; offensichtlich lag Philipps Eltern viel an einem schönen Erscheinungsbild. Jetzt im Frühling war er voll blühender Sträucher, die sich den Platz teilten mit säuberlich von einer niedrigen Buchsbaumhecke umrandeten Blumenrabatten. Die leuchtend gelben Blüten des großen Forsythienstrauches konkurrierten mit den üppigen zartrosa farbenen der japanischen Zierkirsche und den geradezu verschwenderischen weißen Blütenkelchen der großen Magnolie. Bunte Tulpen vervollständigten das üppige Frühlingsambiente. Judith musste zugeben, dass ihr das Anwesen gefiel.

Das Haus selbst reihte sich mit seinem roten Walmdach, den geschwungenen Dachgauben und den regelmäßigen Fenstern nahtlos in die Reihe der Nachbarhäuser ein, die alle aus den achtziger oder neunziger Jahren des letzten Jahrhunderts stammten. Die geteerte Straße mit den breiten Bürgersteigen lag ruhig in der freundlichen Frühlingssonne; wenn sie die Seitenscheibe ihres Autos herunterließ, konnte Judith die Vögel zwitschern hören.

Schön ist es hier, still und friedlich, dachte sie. Hier also war Philipp groß geworden. In dieser Straße hatte er seine Kindheits- und Jugendjahre verbracht. Judith dachte an die Mietwohnung ihrer Eltern in Köln-Ehrenfeld und die breite, belebte Straße mit den vielen kleinen Geschäften, von denen jetzt nur noch ein Friseurladen, eine koschere Fleischerei und ein von einem chinesischen Ehepaar geführte Reinigung übriggeblieben war. Das war ihre Heimat gewesen, und irgendwie war sie das immer noch, obwohl sie längst ihre eigene Wohnung hatte. Immer wenn sie ihre Eltern besuchte, war es, als wäre sie nie fort gewesen.

Warum erzählte Philipp nie etwas von seiner Kindheit? Warum verschloss sich sein Gesicht jedes Mal, wenn sie ihn danach fragte? Wie er wohl als Junge gewesen war? Judith betrachtete sein Elternhaus und versuchte sich auszumalen, wie der kleine Philipp als Neun- oder Zehnjähriger aus der Haustür trat, die Schultasche auf dem Rücken, wie ihm seine Mutter einen Abschiedskuss gab und ihm hinterher blickte. Das Bild blieb eigenartig vage, obwohl sie sich einen Jungen mit Philipps dunkelblondem Haarschopf und den braunen Augen gut vorstellen konnte. Irgendwie passte diese idyllische Szene aber nicht zu dem Mann, den sie liebte und den sie heiraten wollte.

Wieder einmal war sie letzte Nacht von seinem Stöhnen aufgewacht. Es machte ihr Angst, dieses furchtbare Ächzen und Wimmern, das direkt aus seinem Unterbewusstsein zu kommen schien, unterdrückt zwar durch die Bewusstlosigkeit des Schlafes, aber umso intensiver und schmerzvoller in seinem gedämpften Ausdruck.

Sie knipste die Nachttischlampe an und sah in sein Gesicht. Seine Augenbrauen hatten sich zusammengezogen, sodass sich zwei tiefe Falten über der Nasenwurzel bildeten, seine Lippen pressten sich fest aufeinander, unter den geschlossenen Augenlidern bewegten sich heftig die Augäpfel. Sein Gesicht war schweißnass, panisch drehte er den Kopf hin und her, obwohl der Schlaf seinen Körper ruhig hielt. Es musste grauenvoll sein, was er im Traum erlebte.

Um ihn aus diesem tiefen REM-Schlaf herauszuholen, musste sie ihn wie jedes Mal heftig rütteln und seinen Namen geradezu schreien, so fest hielt ihn der Traum gefangen. Erst nach einer ganzen Weile kam er zu sich, setzte sich mit rasendem Herzschlag, der an der deutlich pulsierenden Halsschlagader zu erkennen war, auf und sah sich orientierungslos um. Anschließend ließ er sich auf das Kissen fallen und lag da, völlig erschöpft, und starrte mit weit geöffneten Augen in die Luft. Sie wusste, wenn sie ihn bat, ihr von dem Traum zu erzählen, würde er nur den Kopf schütteln, sich auf die andere Seite drehen und versuchen wieder einzuschlafen. Warum kann er mich nicht teilhaben lassen an dem Furchtbaren, was er im Schlaf erlebt, fragte sie sich immer wieder. Dabei ist er sonst ein solch humorvoller und fröhlicher Mensch, dachte Judith, als sie sich auf ihr Kissen zurücksinken ließ. Sie löschte die Nachttischlampe und starrte ins Dunkel.

Sie dachte an den vergangenen Abend. Auf der Geburtstagsfeier ihrer Mutter - sie war fünfundfünfzig geworden und hatte den Familienclan zur Grillparty eingeladen - war Philipp gut gelaunt gewesen. Überhaupt hatte sie das Gefühl, dass er sich im Kreise ihrer großen Familie wohlfühlte. Ihre drei Brüder, alle älter als sie, waren mit ihren Frauen und Kindern dagewesen und hatten mit ihrem rheinischen Frohsinn die Wohnung und den kleinen Garten erfüllt. Die jungen Väter hatten auf dem Rasen mit ihren Söhnen Fußball gespielt, alle natürlich im Trikot des FC Köln, und die beiden Mädchen, fünf und sechs Jahre alt, waren nicht müde geworden, ihre Barbies aus- und wieder anzuziehen.

Judith hatte mit ihren Schwägerinnen und ihrer Mutter Gurken und Tomaten geschnitten und dabei über die Kinder, die Arbeit und was es sonst noch gab in ihrer kleinen persönlichen Welt geplaudert, während ihr Vater wie immer die verantwortungsvolle Arbeit des Grillmeisters übernahm und fachmännisch die Kotelette, Bratwürste und Hühnersteaks auf dem Grill wendete. Anschließend saßen alle zusammen auf den Holzbänken an dem langen, mit einer bunten Papiertischdecke geschmückten Holztisch, tranken Bier oder Sprudel und waren hungrig und fröhlich über die perfekt gegrillten Fleischstücke hergefallen.

Ein wenig verwundert dachte Judith, als sie im Dunkel ihres Schlafzimmers mit im Nacken verschränkten Armen Philipps ruhiger werdendem Atem lauschte, dass es in ihrer Familie tatsächlich kaum ernsthafte Probleme gab. Die Ehen ihrer Brüder schienen in Ordnung zu sein, sah man von den üblichen kleinen Streitereien und Auseinandersetzungen ab, die wohl in jeder Familie vorkamen. Meistens ging es dabei um unterschiedliche Auffassungen über die richtigen Erziehungsmethoden für die Kinder, oder man war verschiedener Meinung über aktuelle lokalpolitische Probleme. Die Männer waren zufrieden mit ihren handwerklichen Berufen, die Frauen gingen in ihrem Dasein als Hausfrau und Mutter vollkommen auf. Judith als berufstätiger Single war bisher ziemlich aus dem Rahmen gefallen, aber weil sie die Jüngste der vier Geschwister war, dazu das einzige Mädchen, wurde sie mit einer etwas gönnerhaften Toleranz behandelt. Außerdem betrachtete man ihre Tätigkeit als Kindergärtnerin eher als professionalisierte und daher bezahlte Kombination von hausfraulicher und erzieherischer Arbeit, also eigentlich nichts anderes als das, was ihre drei Schwägerinnen auch taten.

Seitdem Judith allerdings mit Philipp zusammen war, betrachtete man sie mit mehr Respekt. Mit offenen Armen hatte ihre laute Familie den zurückhaltenden Hanseaten aufgenommen, ihn buchstäblich ans Herz gedrückt und ihn gleich als neues Mitglied des Familienclans integriert. Zuerst hatte Judith Bedenken gehabt, ob Philipp diese gut gemeinte Vereinnahmung nicht zu eng werden würde, besonders als es um seine Mitarbeit bei der Vorbereitung des legendären Kölner Karnevals ging, bei der ihre gesamte Familie eine tragende Rolle spielte, oder wenn es um die Besuche im Stadion ging, wenn der 1. FC Köln spielte, aber ihre Besorgnis hatte sich als unbegründet herausgestellt. Philipp hatte sich willig mitschleppen lassen zu jedem wichtigen Heimspiel, und beim Rosenmontagsumzug hatte er sich in ein albernes Hasenkostüm stecken lassen und mit ihr am Straßenrand gestanden und Süßigkeiten aufgefangen. Bei dem Gedanken daran musste Judith noch heute lächeln. Es schien ihm sogar Spaß zu machen, mit ihrer rheinisch temperamentvollen Familie zusammen zu sein.

Nur heute, beim Essen, als ihre Mutter zur fortgeschrittener Stunde angefangen hatte, von Heirat zu reden und man müsse doch nun bald einmal auch die Familie des zukünftigen Schwiegersohns kennenlernen, war Philipp plötzlich still geworden, hatte nur einsilbig etwas gemurmelt von „Vielleicht später" und „Das hat ja noch viel Zeit" und hatte Judith kurze Zeit später zum Aufbruch gedrängt. Zwar war von Heirat zwischen ihnen noch nicht die Rede gewesen bisher, aber immerhin lebten sie nun schon fast drei Jahre zusammen, sodass die Idee einer Hochzeit Judith nicht ganz abwegig erschien, weshalb sie seine abwehrende Reaktion nicht verstand. Sie fühlte sich verletzt.

Aber immer wenn die Rede auf seine Familie kam, wurde Philipp zurückhaltend, sogar abweisend. Judith wusste, dass er keine Geschwister hatte, dass sein Vater jahrzehntelang als höherer Beamter in leitender Stellung in der Stadtverwaltung Hamburgs gearbeitet hatte und inzwischen pensioniert war und dass seine Mutter als Gymnasiallehrerin tätig war. Er selber hatte Wirtschaftswissenschaften und Informatik studiert und war sehr erfolgreich als Berater für verschiedene Firmen tätig. Judith bewunderte seine Intelligenz und seinen Fleiß und war stolz auf seinen beruflichen Erfolg.

Eigentlich ist doch alles in Ordnung, dachte sie. Warum lässt er den Gedanken an eine Heirat und an die damit einhergehende Gründung einer Familie nicht zu? Und was hat es mit diesen furchtbaren Alpträumen auf sich? Sie müssen doch eine Ursache haben! Wahrscheinlich hat Philipps

Zuhause etwas damit zu tun. Warum findet er immer neue Ausreden, wenn ich davon spreche, wie gern ich seine Eltern kennenlernen würde? Warum erzählt er nie etwas aus seiner Kindheit und Jugend? Judith drehte sich auf die andere Seite. Sie musste der Sache auf den Grund gehen. Morgen würde sie nach Hamburg fahren und seine Eltern besuchen. Was konnte schon passieren? Nachdem sie diesen Entschluss gefasst hatte, dauerte es keine fünf Minuten, bis sie eingeschlafen war.

Immer noch saß Judith hinter dem Steuer ihres Autos und starrte durch die Windschutzscheibe auf das Haus von Philipps Eltern. Jetzt war sie so weit gefahren, um Philipps Familie kennenzulernen, und nun saß sie hier und traute sich nicht, zu dem Haus zu gehen und zu klingeln. Was konnte schon passieren? Schlimmstenfalls würden seine Eltern sie an der Tür abweisen; schließlich konnte ja jede kommen und sich als die Freundin des Sohnes ausgeben. Auf jeden Fall aber würden sie sich wundern, warum sie nicht zusammen mit Philipp zu ihnen kam, denn das wäre normal gewesen. Aber genau das war ja der Grund, warum sie jetzt hier saß: weil er gar nicht daran dachte, sie seinen Eltern vorzustellen.

Ärgerlich schüttelte sie den Kopf über ihre Unsicherheit. Schließlich brauchte sie sich nicht zu verstecken, dachte sie. Sie holte tief Luft, nahm ihre Handtasche vom Beifahrersitz und öffnete die Autotür. In diesem Moment bemerkte sie, dass sich die Eingangstür des Hauses öffnete und eine Frau herauskam. Offensichtlich Philipps Mutter. Die Frau war um die sechzig, mittelgroß und schlank, mit einer schlichten weißen Hemdbluse und blauen Jeans bekleidet. Sie hatte kurzes graues Haar und trug eine Sonnenbrille, die ihr halbes Gesicht verdeckte. In der Hand hielt sie einen großen Strauß gelber Tulpen, die offensichtlich aus ihrem eigenen Garten stammten.

Judith ließ sich wieder auf den Autositz sinken und schloss die Tür. Sie beobachtete, wie die Frau über den Gartenweg zur Garage ging, das Tor öffnete und in den blauen Polo stieg, der dort abgestellt war. Einen Moment später setzte der Polo rückwärts auf die Straße und fuhr davon, an Judiths Wagen vorbei. Einem plötzlichen Impuls folgend, startete Judith ihren Toyota, wendete zügig und folgte dem Polo. Es war nicht weiter schwierig, da um diese Vormittagsstunde nicht allzu viel Verkehr auf den Hamburger Vorortstraßen war.

Die Fahrt dauerte nicht lange. Philipps Mutter bog einige Straßen weiter auf einen geräumigen Parkplatz ein, der zu einem großen Friedhof gehörte, wie Judith an dem riesigen Kreuz am Eingang des Geländes unschwer erkannte. Aha, dachte sie, Philipps Mutter besucht das Grab eines Angehörigen oder Freundes, daher die Blumen. Sie wartete, bis sie sah, wohin Philipps Mutter sich wandte, und folgte ihr dann unauffällig.

Zielstrebig ging die Frau durch den Hauptweg bis fast zur Mitte der Friedhofsgeländes, dann wandte sie sich nach links und blieb an einem der Einzelgräber stehen. Judith beobachtete, wie sie sich bückte, einen halb verblühten Strauß Narzissen aus der bronzenen Ziervase nahm, zu dem nicht weit entfernten Wasserhahn ging und die Vase mit frischem Wasser füllte. Dann stellte sie sie wieder an den gewohnten Platz, ordnete die mitgebrachten Blumen sorgfältig in das Behältnis ein und trat wieder vor die Grabstelle. Mit gefalteten Händen verharrte sie einige Minuten vor dem Grab. Judith vermutete, dass sie betete.

Als Philipps Mutter sich zum Gehen wandte, kam sie an Judith vorbei. Für einen kurzen Augenblick trafen sich ihre Blicke und Judith grüßte mit einem kleinen Nicken, das aber kaum erwidert wurde. Sollte sie die Frau ansprechen? Nein, sagte sie sich, das ist nicht der richtige Augenblick. Und wie hätte sie auch erklären sollen, was sie hier machte? Schließlich war es nicht üblich, andere Leute, die einen harmlosen Friedhofsbesuch machten, zu verfolgen.

Neugierig ging Judith zu dem Grab, das Philipps Mutter mit ihren Gartenblumen geschmückt hatte. Es war ein schmales Einzelgrab mit einem Grabstein aus weißem Marmor. Mit goldenen Lettern war auf dem schlichten Stein folgende Inschrift zu lesen:

Ruhe in Frieden, unsere geliebte Tochter!
Friederike Schumann
Geb. am 13. 04. 1978
Gest. am 11. 02. 1993

Judith wusste im ersten Augenblick nicht, wie sie diese Inschrift deuten sollte. Dann wurde ihr klar: Philipp hatte eine Schwester gehabt! Er hatte nie von einer Schwester erzählt und sie hatte angenommen, dass er das einzige Kind seiner Eltern gewesen war. Aber er hatte offensichtlich eine Schwester gehabt, die im Alter von knapp fünfzehn Jahren gestorben war. Wie schrecklich! Was mochte ihr zugestoßen sein? Eine Krankheit? Ein Unfall? Judith dachte an das schmale Gesicht der Frau, die eben an ihr vorbeigegangen war. Dieser schmerzliche Zug um den Mund: Nun konnte sie ihn sich erklären. Allerdings lag der Tod des Mädchens schon zweiundzwanzig Jahre zurück! Und immer noch brachte die Mutter anscheinend alle paar Tage einen Strauß Blumen auf das Grab. Warum hatte Philipp ihr nichts von seiner Schwester erzählt? Wieder ein Rätsel mehr.

Als Judith sich zum Gehen wandte, hatte sie einen Entschluss gefasst. Sie würde nicht ruhen, bis Philipp ihr alles über seine Familie, seine Schwester und seine Albträume erzählt hatte. Schließlich konnte sie keinen Mann heiraten, der kein Vertrauen zu ihr hatte.

Sie waren zu dritt gewesen: Philipp, seine Schwester Friederike und die Cousine der beiden, die elfjährige Heike. Es war ein Frühlingstag gewesen, wie er im Buche stand: Herrlichster Sonnenschein, der die Luft bis auf fünfundzwanzig Grad erwärmte, jedoch ohne die Schwüle des Sommers, und überall zeigte sich das wunderbare neue Grün der Kastanien, Birken und Weiden. Die Schumann-Brüder, Ralf und Gernot, hatten mit ihren Familien eine ausgedehnte Radtour gemacht anlässlich des ersten Maifeiertages, und abends fand eine ausgelassene Grillparty statt.

Heimlich, während die Erwachsenen tranken und feierten, hatten die Kinder sich in die Garage geschlichen und sich in den nagelneuen VW Golf gesetzt, den Philipps Vater erst von Kurzem gekauft hatte. Philipp mit seinen fast vierzehn Jahren hatte damit geprahlt, dass er schon Autofahren könne, aber die beiden Mädchen hatten ihn nur ausgelacht. Da war er ins Haus gelaufen, hatte den Autoschlüssel vom Schlüsselbrett geholt und den Wagen gestartet.

„Das kann doch jeder", hatte Friederike gespottet, „richtig fahren ist etwas ganz anderes".

„Du traust dich ja doch nicht", hatte Heike gesagt, und Philipp war wütend geworden. Er wollte es den Mädchen zeigen. Vorsichtig legte er den Rückwärtsgang ein und lenkte das Auto auf die Straße. Alles ging gut. Dann fuhr er langsam die ruhige Wohnstraße entlang. Die Mädchen sahen bewundert zu, wie er gekonnt die Gänge einlegte, Gas gab und beschleunigte. Dann bog er auf die Hauptstraße und reihte sich in den Verkehr ein. Er kam sich großartig vor, so erwachsen und souverän.

Wie es zu dem Unfall gekommen war, daran konnte Philipp sich nicht mehr genau erinnern. Plötzlich hatte das Auto vor ihm gebremst, er war auf die Gegenfahrbahn geraten und frontal gegen den entgegenkommenden Lastwagen geprallt. Der VW geriet in Brand, überall waren Flammen, Schreie und furchtbares Krachen, Quietschen und metallisches Knirschen, das nicht enden wollte. Dann schwarze Stille.

Auf Philipps Stirn hatten sich Schweißperlen gebildet während seiner Erzählung. Nervös und aufgewühlt wischte er sich mit der Hand immer wieder über das Gesicht. Judith nahm seine Hand in ihre beiden und drückte sie mitleidig.

Sie saßen in ihrem Wohnzimmer. Vor ihnen auf dem Couchtisch standen zwei halbvolle Gläser mit Wein. Judith hatte nach dem gemeinsamen Abendessen die Flasche geöffnet und Philipp gebeten, er möge sich zu ihr setzten, weil sie ihm etwas zu sagen habe. Dann hatte sie ihm von ihrem Besuch in Hamburg erzählt. Zuerst was er wütend geworden und hatte ihr vorgeworfen, ihr hinterherzuspionieren, aber dann war er plötzlich ganz still geworden. „Gut", hatte er gesagt, „ich erzähle dir alles."

„Friederike war sofort tot, Heike lag monatelang im Koma und ich hatte mehrere Knochenbrüche und Brandwunden, die nur langsam verheilten. Friederike war ein wunderschönes begabtes fröhliches Mädchen gewesen, sie war Tennismeisterin im Club, spielte Theater in ihrer Schule und war eine Einserschülerin. Heike, die kleine, immer lustige pummelige Heike, behielt einige Narben im Gesicht zurück und musste, als sie endlich aus dem Koma erwachte, erst wieder richtig sprechen lernen. Und ich war schuld an dem Unglück, Judith, ich mit meinem bodenlosen Leichtsinn."

„Du warst ein Kind damals, Philipp, du konntest das Risiko noch nicht richtig einschätzen", versuchte Judith ihn zu beruhigen. „Bestimmt wussten deine Eltern dein Verhalten richtig einzuordnen."

„Das ist ja das Schlimme", sagte Philipp. Der Blick, mit dem er Judith ansah, zeigte tiefe Verzweiflung. „Meine Eltern, meine Tante und mein Onkel waren seit dem Tag nicht mehr wie vorher. Sie haben mir nie verziehen, meine Eltern. Seit dem Unfall haben sie aufgehört mich zu lieben."

„Sag doch so etwas nicht, Philipp", widersprach Judith erschrocken. „Eltern hören nicht auf ihre Kinder zu lieben."

„Doch, es war so. Weil ich damals noch nicht ganz vierzehn Jahre alt war, konnte man mich juristisch nicht zur Rechenschaft ziehen. Womöglich wäre es mir sogar lieber gewesen, ich hätte im Gefängnis einige Jahre für meine Tat büßen können, aber so ging mein Leben äußerlich weiter wie bisher. Nur dass Friederike nicht mehr da war. Meine Eltern versuchten ganz normal mit mir umzugehen, aber ich spürte ihre Distanz. Sie konnten mir nicht vergeben, dass ich Friederikes Tod verursacht hatte. Und ich w a r ja auch schuld. Ich bin schuld daran, dass sie sterben musste. Und an dem Leid, das ich über unsere Familie gebracht habe, auch über die meines Onkels. Daran ist nun einmal nichts zu ändern, Judith."

„Du warst ein Kind, Philipp, und das Ganze ist inzwischen zweiundzwanzig Jahre her. Langsam muss man so etwas doch vergessen können, so schlimm es auch gewesen sein mag."

„Das dachte ich auch, Judith. Aber immer noch träume ich, dass ich in dem brennenden Auto sitze und nicht heraus kann, so sehr ich auch an der Tür rüttle. Und ich höre die Schreie der beiden Mädchen. Es ist furchtbar!"

„Ja, ich weiß." Judith wusste nicht, was sie Tröstendes sagen sollte. Sie nahm Philipp in die Arme und hielt ihn lange Zeit umfangen.

Schließlich löste sie sich von ihm.

„Wie ist denn heute dein Verhältnis zu deinen Eltern?"

Philipp verzog das Gesicht zu einem resignierten Lächeln, das auf Judith geradezu herzzerreißend wirkte.

„Ich rufe zweimal im Jahr bei ihnen an und wir tauschen die notwendigen Neuigkeiten aus. Das ist alles. Du hast es ja selbst erlebt: Meine Mutter geht immer noch jede Woche zum Friedhof. Ich glaube, sie haben mich aus ihrem Leben gestrichen."

„Wie kannst du das sagen, Philipp!" Judith war entsetzt.

„Natürlich, du mit deiner wunderbaren Familie kannst
dir das nicht vorstellen, Judith. Aber du weißt ja nicht, wie
mein Leben seit dem Unfall verlaufen ist. Ich habe mich so
bemüht, durch mein Verhalten irgendwie etwas wiedergut-
zumachen. Ich wurde ein fleißiger Schüler, glänzte in allen
möglichen Sportarten, gewann Wettbewerbe und Pokale,
aber alles was ich erreichte, war ein distanzierter Glück-
wunsch und ein kaltes Lächeln. Ich machte ein tolles Abitur,
absolvierte mein Studium in Rekordzeit, bin erfolgreich im
Beruf: alles, damit meine Eltern mir vergeben. Aber bis
heute habe ich noch kein gutes Wort von ihnen gehört, weder von meiner Mutter noch von meinem Vater. Von ihm
schon gar nicht, denn er ist geradezu vernarrt gewesen in
Friederike. Er wird mir nie verzeihen.“

Wieder strich Philipp mit einer verzweifelten Geste über
sein Gesicht. Judith hatte den Eindruck, als wollte er damit
ungeweinte Tränen fortwischen. Wortlos nahm sie ihn in
ihre Arme.

Wieder parkte Judith ihren Auto in der Parkbucht nicht weit
von Philipps Elternhaus entfernt. Diesmal würde sie nicht
wieder kneifen. Sie hatte die Hochzeitseinladung mitgebracht, die sie Philipps Eltern überreichen wollte, und einen
ganzen Packen Fotos von sich und Philipp und ihrer Familie.
Die Bilder waren ein Kaleidoskop ihrer drei Jahre mit Philipp: Sie zeigten sie beide in ihrer kleinen Wohnung, vor dem
Dom, mit Freunden und Kollegen, in ihrem Urlaub in Süd-
frankreich, bei verschiedenen Ausflügen. Und natürlich immer wieder mit ihrer großen Familie. Auf den Bildern wirkte
Philipp fröhlich und gelöst, oft sogar richtig glücklich. Judith

hoffte, dass sich seine Eltern darüber freuen würden, ihren Sohn so zu sehen.

Sie klingelte und wartete nervös. Nichts rührte sich. Sie klingelte noch einmal. Der Dreitongong im Inneren des Hauses war deutlich zu hören. Aber alles blieb still. Offensichtlich war niemand zu Hause.

Die Enttäuschung trieb Judith die Tränen in die Augen. Damit hatte sie nicht gerechnet. Aber was war normaler, als dass das Ehepaar Schumann auch einmal nicht zu Hause war.

Was sollte sie tun? Nun war sie den weiten Weg gefahren, nur, um jetzt vor verschlossener Tür zu stehen. Sie beschloss zu warten. Vielleicht waren Philipps Eltern ja nur zum Einkaufen gefahren oder machten einen kurzen Besuch bei Freunden? Sie ging zurück zu ihrem Auto, öffnete die Fahrertür und setzte sich hinters Steuer.

Es war schon später Nachmittag, als endlich der blaue Polo auf die Einfahrt vor Philipps Elternhaus fuhr und anhielt. Philipps Mutter stieg aus. Mit müden Schritten ging sie zur Haustür, kramte ihren Schlüssel aus der Handtasche und schloss auf. Erschrocken wandte sie sich um, als sie Judith hinter sich hörte.

„Guten Tag, Frau Schumann", sagte Judith höflich. „Entschuldigen Sie, dass ich Sie einfach so überfalle. Mein Name ist Judith Kramer, ich bin die Verlobte Ihres Sohnes."

Die Frau sah sie misstrauisch an.

„Die Verlobte meines Sohnes? Ich wusste gar nicht, dass er verlobt ist." Immer noch hielt sie den Hausschlüssel in der Hand. „Was wollen Sie?"

„Ich bin gekommen, um Sie und Ihren Mann kennenzu-lernen. Philipp und ich werden bald heiraten."

„Mein Mann ist nicht da. Sie müssen ein andermal wie-derkommen."

Philipps Mutter öffnete die Haustür, ging hinein und schloss die Tür hinter sich.

Judith war wie vor den Kopf geschlagen. Mit dieser kalten Zurückweisung hatte sie nicht gerechnet. Unschlüssig stand sie vor der verschlossenen Tür. Als nichts geschah, wandte sie sich langsam zum Gehen. Dann zögerte sie. Sie nahm die Einladung und den Umschlag mit den Fotos aus ihrer Handtasche und steckte alles in den Briefkasten, der neben der Haustür angebracht war. Das ist eure letzte Chance, dachte sie.

Malte

Erst kürzlich wieder musste ich an Malte denken, obwohl sein Tod nun schon Jahre zurückliegt.

Als ich ihn kennenlernte, war Malte etwas mehr als zehn Jahre alt. Ein kräftig gebauter, hübscher Junge mit dunkelblonden Haaren und intelligenten Augen. Er war einer von den drei Klassenkameraden, die mein Sohn Bastian zu seinem 10. Geburtstag eingeladen hatte. Zu der Geburtstagsrunde gehörten außerdem Bastians beiden Cousins, elf und acht Jahre alt und sein bester Freund Tammo aus der Nachbarschaft. Meine Frau Marianne hatte, wie es damals üblich war, für allerlei Spiele zur Unterhaltung der Kinder gesorgt: eine Schatzsuche im Garten mithilfe einer angekokelten Schatzkarte mit geheimnisvollen Zeichen auf vergilbtem Papier, eine Schnitzeljagd in der Wohnsiedlung und, natürlich, das Schokoladenspiel, bei dem jeder, der eine Sechs würfelte, sich Mütze, Schal und Handschuhe anziehen und mit Messer und Gabel ein Stück von der Schokoladentafel abschneiden musste, um es essen zu dürfen, wobei er nur so viel Zeit dafür hatte, bis der Nächste in der Runde eine Sechs würfelte.

Ich war froh, dass Marianne es übernommen hatte, die Bande zu beaufsichtigen und das Treiben ein wenig zu steuern, damit die Ausgelassenheit nicht überhandnahm. Heike, unsere sechzehnjährige Tochter, half ihr dabei. So konnte ich mich in mein Arbeitszimmer zurückziehen und versuchen, trotz des Trubels die längst fällige Korrektur der Schülerarbeiten aus der Oberstufe in Angriff zu nehmen.

Es war kurz vor dem Abendessen, meine Frau bereitete in der Küche den Tisch schon für die Würstchen und die Pommes Frites vor, als ich durch lautes Getöse aus dem Wohnzimmer aus meiner Konzentration gerissen wurde. Die Kinder hatten sich johlend um das Klavier herum versammelt, auf dem Malte wie ein Wahnsinniger mit beiden Fäusten einhämmerte und dabei einen infernalischen Krach erzeugte. Mit hochroten Kopf und mit ganzer Kraft schlug der Junge unablässig auf die Tasten ein, als wollte er das Instrument in Stücke hauen. Bastian stand abseits und hielt die Hand vor den Mund; ihm war wohl bewusst, dass das teure Instrument diese Behandlung nicht unbeschadet überstehen würde. Meine Frau und Heike kamen aus der Küche herbeigeeilt, blieben an der Tür stehen und hielten sich die Ohren zu. Malte schien gar nicht zu bemerken, was um ihn herum vorging; erst als ich ihn am Arm packte und vom Klavier wegzog, kam er zu sich. Völlig außer Atem und mit einem - ich kann es nicht anders nennen - irren Lächeln sah er mich an.

„Was machst du denn da", fuhr ich ihn an, „das Klavier ist doch kein Sandsack, auf den man einschlagen kann wie ein Verrückter! Sicher sind jetzt einige Saiten zerrissen!" Die Kinder waren schlagartig ruhig geworden und sahen betreten zu Boden, nur Malte blickte mich herausfordernd an.

„Macht nichts, wenn das Ding kaputt ist. Mein Alter bezahlt das schon", sagte er. Ich war sprachlos über so viel

Unverschämtheit und starrte den Jungen nur wortlos an. Mit einem Ruck befreite er sich aus meinem Griff und gesellte sich zu Bastian, der mich hilflos ansah und mit den Achseln zuckte. Ich strich ihm beruhigend über seinen Blondschopf.

Während meine Frau die Kinder in die Küche lotste, wo sie sich beim Essen schnell wieder fröhlich unterhielten, wandte ich mich dem Klavier zu. Tatsächlich, zwei Tasten reagierten nicht mehr, also mussten die Saiten gerissen sein. Ärgerlich nahm ich mir vor, Maltes Eltern für den Schaden, den ihr Sohn angerichtet hatte, zur Rechenschaft zu ziehen. „So ein verrückter Kerl", schimpfte ich, als die Kinder gegangen waren, „und obendrein so frech!" Marianne schüttelte nur den Kopf.

Einige Wochen später fuhren Marianne und ich in das kleine Dorf, in dem Maltes Familie seit knapp einem Jahr lebte. Die Mutter hatte uns eingeladen, um zu besprechen, wie wir die leidige Klavierangelegenheit am besten einvernehmlich regeln könnten. Das kleine rote Backsteinhaus war von einem äußerst gepflegten Garten umgeben, der gepflasterte Weg, der zur Haustür führte, war sauber gefegt und der Rasen kurz geschoren.

Wir wurden in das Wohnzimmer gebeten, in dem auf dem Sofa die obligatorischen gestickten Sofakissen mit dem Knick in der Mitte von einer altmodischen Biederkeit zeugten, ebenso wie die kostbaren Kristallgläser in der von innen beleuchteten Vitrine und das geblümte Kaffeegeschirr auf dem Couchtisch.

Maltes Mutter, die uns mit einer hektischen Freundlichkeit in Empfang nahm, bat uns Platz zu nehmen, sein Vater, ein kleiner, rundlicher Mann mit Stirnglatze und unruhigen Augen, stand höflich auf und gab meiner Frau und mir die Hand. Er trug ein bis zum Hals zugeknöpftes blaukariertes Hemd und eine ebenfalls sorgfältig geschlossene braune Strickweste, eine braune Cordhose mit Bügelfalte und Filzpantoffeln an den Füßen. Maltes Eltern und sein Zuhause entsprachen ganz und gar dem Klischee einer biederen, deutschen Arbeiterfamilie. Ich konnte mir den rabiaten kleinen Burschen nicht so recht vorstellen in dieser Umgebung.

Auch wunderte ich mich über das Alter dieser beiden Menschen. Maltes Mutter musste mindestens Mitte fünfzig sein, sein Vater bestimmt über Sechzig. Offenbar war der Junge ein sehr spät geborenes Kind, wohl auch der Grund, warum er keine Geschwister hatte. Wir erfuhren, dass Maltes Vater von Beruf Drucker gewesen und wegen eines Lungenleidens vorzeitig in Rente gegangen war und dass die Familie wegen der guten Luft hier im Norden aus dem Ruhrgebiet hergezogen war.

Malte selbst war nicht da; er sei beim Sport, sagte man uns. Eilfertig nötigte uns seine Mutter, einen Blick in das Zimmer ihres Jungen zu werfen: Ein hübsches, modernes Jugendzimmer, auffallend ordentlich und sauber, ohne irgendwelche persönlichen Dinge. Marianne und ich wechselten einen Blick; wahrscheinlich dachte sie wie ich an Bastians Bude, in der ständig ein Chaos herrschte aus herumliegenden Kleidungsstücken, seinen neuesten Comicbüchern, den angefangenen Lego Technik-Bauwerken und anderen Krimskrams.

„Malte ist so ein lieber Junge", beteuerte seine Mutter ein ums andere Mal, „wir können gar nicht verstehen, wie er so etwas wie mit dem Klavier machen konnte."

Hinsichtlich des Schadensersatzes wurden wir uns schnell einig. Maltes Vater sagte, er würde die Kosten für die Reparatur, die sich auf einige hundert Mark beliefen, voll übernehmen. Wir tranken unseren Kaffee und verabschiedeten uns bald. „Merkwürdige Leute", meinte meine Frau, als wir nach Hause fuhren, „so korrekt."

Ein paar Jahre später wurde ich wieder auf Malte aufmerksam. Er besuchte wie Bastian das Gymnasium, an dem ich arbeitete, allerdings gehörte er nicht zu meinen Schülern, da er in Bastians Klasse ging und es vermieden wurde, dass Eltern ihre eigenen Kinder unterrichteten. In der neunten Klasse gab es die ersten ernsthaften Schwierigkeiten mit Malte. Eine Kollegin erzählte, dass er sich seinen Mitschülern gegenüber auffallend dominant und oft aggressiv verhielte. Dabei sei an seinen schulischen Leistungen nichts auszusetzen; er sei hochintelligent und habe eine schnelle Auffassungsgabe. Ich hörte, dass er eine Selbstverteidigungskurs belegt habe und einem Boxclub beigetreten sei. Wenn ich Malte auf dem Schulhof sah, fiel mir auf, wie groß und kräftig er geworden war. Mit Vorliebe trug er Hosen und Jacken im den Tarnfarben des Militärs, dazu schwere Stiefel. Seine Haare hatte er zu einer Stoppelfrisur geschnitten, die ihn älter und erwachsener aussehen ließ als seine fünfzehn Jahre.

Zu Hause am Mittagstisch brachte ich das Gespräch auf Malte.

„Du bist doch mit ihm befreundet, Bastian, oder?“

„Befreundet? Schon lange nicht mehr.“

„Ach so? Warum denn nicht? Was ist denn mit ihm los?“

„Keine Ahnung. Der spinnt!“ Bastian wickelte eine Portion Spaghetti auf seine Gabel und beförderte sie geschickt in den Mund.

„Was heißt denn, der spinnt?“

„Der spinnt eben. Keiner will etwas mit ihm zu tun haben. Wenn man ihn schief ansieht, geht er gleich auf einen los.“

„Ja, deshalb hat er ja auch jetzt Schwierigkeiten mit seiner Klassenlehrerin. Er soll 'blöde Kuh' zu ihr gesagt haben und noch Schlimmeres. Hast du davon was mitgekriegt?“

„Nicht direkt, das war wohl in der Pause. Sie hat ihn aus dem Klassenraum geschickt, weil er den Thomas verprügelt hat. Keine Ahnung, warum.“

Meine Frau mischte sich ein: „Mein Gott, und du erzählst uns nichts davon, Bastian? Da muss ja wohl ganz dringend eine Klassenkonferenz her, damit wir Eltern auch erfahren, was bei euch in der Klasse los ist.“

Marianne war Elternratsvorsitzende für Bastians Klasse. „Ich werde mich gleich ans Telefon hängen und deine Klassenlehrerin anrufen. Es kann doch nicht angehen, dass die Schüler sich prügeln und die Lehrerin sich beleidigen lassen muss.“

Es blieb natürlich nicht bei dieser einen Konferenz. Malte wurde mit einem feststehenden Messer erwischt, mit dem er einen kleineren Mitschüler bedroht hatte, er wurde wiederholt ausfallend gegenüber den Lehrern, seine Leistungen ließen nach. Es wurden verschiedene Erziehungsmaßnahmen getroffen, die helfen sollten, den Jungen zu disziplinieren und ihn auf den richtigen Weg zu führen. Vor allem sollte er lernen, seine Aggression zu beherrschen. Das Jugendamt wurde eingeschaltet. Marianne und ich waren froh, dass Bastian sich von Malte fernhielt; unser Sohn war zusammen mit seinem Freund Tammo dem Computer verfallen und saß Tag und Nacht vor dem Bildschirm. Für ihn stand jetzt schon fest, dass er später Informatik studieren würde.

Einige Zeit danach hörte ich in der Schule, dass Maltes Vater gestorben war. Wie üblich schickte die Schule einen Kranz, und der Klassensprecher seiner Klasse sowie die Klassenlehrerin nahmen an der Beerdigung teil. Die Kollegin bat mich, sie zu begleiten.

Es war eine sehr kleine Trauergemeinde, hinter dem Sarg hergingen. Maltes Mutter schluchzte die ganze Zeit in ihr Taschentuch, ein paar Verwandte der Familie und einige Dorfbewohner warfen einzelne Blumen ins Grab, nachdem der Priester die üblichen Gebete gesprochen hatte. Malte stand mit ausdruckslosem Gesicht neben seiner Mutter, groß und breitschultrig, in einem offensichtlich für diesen Anlass gekauften schwarzen Anzug.

Als ich abends von der Beerdigung erzählte und davon, wie leid mir der Junge getan hätte, brach Bastian in ein unangemessenes Lachen aus.

„Ach ja?", sagte er, „in der Klasse hat Malte gestern herumgetönt, wie froh er sei, dass sein Alter endlich verreckt wäre."

Betroffen sahen Marianne und ich uns an. „Was ist nur mit dieser Familie los?", fragte Marianne. „Es muss doch einen Grund haben, weshalb der Junge sich so verhält."

Später im Bett spekulierten wir, was bei der Erziehung des Jungen falsch gelaufen sein könnte. „Vielleicht waren die Eltern über die späte Geburt des Kindes so glücklich, dass sie ihn heillos verwöhnt haben. Und als er dann größer wurde, tanzte er ihnen auf der Nase herum und sie wurden nicht mehr mit ihm fertig."

Flüsternd fügte sie hinzu „Ich habe gerüchteweise gehört, dass der Vater Malte, als er noch klein war, geschlagen haben soll. Vielleicht erklärt das den Hass auf seinen Vater?"

„Kann sein", sagte ich, „wir wissen es nicht", und drehte mich auf die andere Seite, um zu schlafen.

Einige Monate später begegnete ich Maltes Mutter auf der Straße, als ich am späten Nachmittag von einer Zeugniskonferenz kam. „Herr D.", rief sie laut von der anderen Straßenseite und winkte mir zu. Ich wollte nicht unhöflich sein, schob mein Fahrrad über die Straße und begrüßte sie. Sie erwiderte meinen Gruß mit geradezu überschwänglicher Freundlichkeit, schüttelte meine Hand immer wieder und beteuerte, wie sehr es sie freute, mich zu treffen. Als ob wir die besten Freunde wären und uns nicht erst zweimal getroffen hätten, und dies nicht gerade bei erfreulichen Anlässen! Sie sah erschöpft, sogar ein bisschen krank aus. Die halblangen Haare waren grau und strähnig, die Augen hatten tiefe Ringe und ihre Hände, die das Lenkrad ihres Fahrrades, an dem zahlreiche volle Plastiktüten hingen, zitterten. Ich nahm einen deutlichen Alkoholgeruch wahr;

offensichtlich war sie leicht betrunken, was ihre fahrige, unangemessene Leutseligkeit erklärte.

Sie erzählte von den Schwierigkeiten, die Malte in der Schule hätte, davon, dass er sich von ihr nichts sagen lasse, ob ich nicht etwas für ihn tun könne, da ich doch Lehrer an seiner Schule sei. Mir wurde die Szene auf der Straße langsam peinlich; der eine oder andere der Passanten schaute uns schon verwundert an. Schließlich kannte man mich in der Stadt. Ich versuchte, mich ohne allzu große Hast von Maltes Mutter zu verabschieden und versprach ihr, ein gutes Wort für ihren Sohn einzulegen.

Im Jahr darauf zog ich mit meiner Familie in die Kreisstadt, wo an einem Gymnasium eine passende Beförderungsstelle für mich frei geworden war. Meine Frau fand als Bibliothekarin eine Halbtagsstelle in der örtlichen Leihbibliothek, Bastian konnte direkt in die Oberstufe des neuen Gymnasiums wechseln. Heike, die in Göttingen Mathematik und Physik studierte, betraf der Umzug in das neue Haus gar nicht mehr, sie kam nur noch sporadisch zu Besuch.

Wir hatten Malte also aus den Augen verloren, als zwei Jahre später eine Meldung in der Lokalzeitung uns erschütterte:

Der Junge hatte im Streit seine Mutter erschlagen! Die näheren Umstände dieser Wahnsinnstat blieben unklar. Die einen sagten, es sei um Geld gegangen, das die Mutter ihrem Sohn verweigert habe, die anderen glaubten zu wissen, dass sie betrunken auf ihn losgegangen sei und er sich nur verteidigt habe.

Marianne und ich waren schockiert. Bastian konnte über seine Verbindungen zu seinen ehemaligen Klassenkameraden auch nichts Näheres erfahren. Nur dass Malte seine Mutter bewusstlos geschlagen und dann das Haus verlassen habe, wo sie später an ihren Verletzungen gestorben sei.

Der Junge wurde verhaftet. Einige Monate später erfuhren wir aus der Zeitung, dass er die Tat gestanden und vom Jugendgericht wegen Körperverletzung mit Todesfolge (oder Totschlag im Affekt, ich weiß es nicht mehr genau) zu einer Jugendstrafe von acht Jahren verurteilt worden war. Das Besondere an diesem Fall war, dass Malte im Gefängnis seine schriftlichen und mündlichen Abiturprüfungen ablegen durfte, da die Tat kurz vor Beendigung der 13. Klasse passiert war. Für die mündliche Prüfung fuhren die drei Lehrer, die zur Prüfungskommission gehörten, sogar in die Justizvollzugsanstalt. Malte bestand die Prüfung mit Bravour, wie wir aus der Zeitung erfuhren.

Wieder vergingen ein paar Jahre. Heike schloss ihr Studium ab und promovierte in Physik. Bastian studierte in Duisburg Informatik. Zu meinem fünfundfünfzigsten Geburtstag hatte ich viele Freunde und Bekannte zu einer Gartenparty eingeladen, und natürlich kamen auch die Kinder mit Anhang zu der Feier. Beiläufig fragte ich Bastian, ob er mal wieder etwas von Malte gehört habe, wo er doch über Facebook mit seinem ehemaligen Klassenkameraden alle möglichen Neuigkeiten austauschte.

„Ja, weißt du es denn gar nicht? Malte ist tot.“

„Malte ist tot?" Ich war zutiefst schockiert. „Wieso ist er tot? Das Letzte, was ich von ihm gehört habe, ist, dass er angefangen hat, Psychologie zu studieren, schon im Gefängnis, und dass er gute Chancen hatte, vorzeitig entlassen zu werden. Was ist denn passiert?"

„Es stimmt, er wurde nach sechs Jahren entlassen. Danach hat er Psychologie und Soziologie studiert und glänzend abgeschlossen, wie man sagt. Und dann hat er sich umgebracht." Bastian schien es regelrecht zu genießen, mir diese ungeheuerlichen Neuigkeiten mitteilen zu können. Gelassen zapfte er weiter ein Glas Bier nach dem anderen. Ich starrte ihn nur an.

„Er hat sich umgebracht? Aber warum denn, um Gottes Willen? Er war doch offensichtlich auf einem guten Weg!"

Bastian zuckte mit den Schultern. „Keine Ahnung", sagte er, „ich habe ja schon immer gesagt: Der spinnt."

Ich nahm mir ein Glas Bier und setzte mich zu Marianne, die mit Heike auf der Bank unter der alten Eiche saß. „Habt ihr schon das von Malte gehört?", fragte ich, noch völlig konsterniert.

„Ja, schrecklich, nicht?", sagte Marianne.

„Und so unerklärlich!", fügte Heike hinzu.

Das Holzpferd

„Hau ab!", schrie sie wütend, „hau endlich ab! Und nimm dein doofes Geschenk mit!"

Erbost zerrte sie ihr Fahrrad hoch, das in die wilden Lupinen am Straßenrand gefallen war, und stellte es auf die Räder. Als sie aufsteigen wollte, spürte sie einen heftigen Stoß im Rücken. Plötzlich bekam sie Angst. Bloß weg hier, dachte sie, schnell nach Hause. Sie stieg auf und fuhr los. Der Schlag in ihren Rücken war wirklich stark gewesen, sie fühlte ihn immer noch. Sie hielt den Fahrradlenker mit der rechten Hand und tastete mit der linken nach dem Schmerz im Rücken. Ihre Finger fühlten etwas Warmes, Feuchtes. Entsetzt starrte sie auf ihre Hand. Blut! Sie blutete! Ihr Herz fing an zu klopfen. Wieso blutete sie? Sie stieg ab. Noch einmal tastete sie nach der Verletzung. Noch mehr Blut! Das konnte doch nicht sein! War das ein Stich und kein Schlag gewesen? Ein Stich mit einem Messer? Auf einmal fühlte sie den Schmerz: heiß und brennend. Ein Messerstich! Aber so ganz schlimm konnte es wohl nicht sein, sonst würde sie sicher nicht mehr gehen können. Obwohl, irgendwie fühlte sie sich nicht gut. Besser, sie schob ihr Fahrrad, fahren war wohl doch zu anstrengend. Hoffentlich war ihre schöne neue Bluse nicht total ruiniert. Warum klopfte ihr Herz so schnell? Sie konnte es deutlich im Hals fühlen. Und sie musste immer heftiger atmen. Das Fahrrad war so schwer. Ob sie es hier am Straßenrand liegen lassen durfte? Sie konnte es ja in den hohen blauen Lupinen verstecken, damit es niemand sah, und es morgen wieder abholen. Es war nicht mehr weit bis nach Hause, nur ein paar Hundert Meter. Die konnte sie leicht zu Fuß gehen. Sie ließ das Fahrrad am Straßenrand fallen. Komisch, wie schwach sie sich plötzlich fühlte. Vielleicht war die Wunde doch schlimmer als sie dachte? Sie musste jetzt zusehen, dass sie schnell nach Hause kam. Wenn nur ihr Herz nicht so heftig klopfen würde! Mit zitternden Händen wischte sie sich über das Gesicht. Schweißnass! Es war doch gar nicht mehr heiß, wieso schwitzte sie so? Das Gehen war so schwer, ihre Beine fühlten sich merkwürdig lahm an. Ob sie sich kurz ins Gras setzen konnte? Es würde sie ja niemand sehen, jetzt um diese Zeit. Nur ein wenig ausruhen. Das Gras war weich und kühl und duftete angenehm frisch. Aber sie musste doch schnell nach Hause! Nur ein paar Minuten. Es würde so gut tun sich hinzulegen. Sie streckte sich aus. Ein paar weiße Wolken zogen über den dämmrigen Himmel. Merkwürdig, wie dunkel es auf einmal wurde. Ganz dunkel. Ihr Kopf fiel zur Seite.

Ich war für ein paar Tage zu Besuch bei meinen Eltern, damals, als der Mord geschah und unser kleines Dorf in Aufruhr versetzte. Es war Pfingsten und über solche Feiertage kam ich meistens nach Hause. Ich genoss es, mich für kurze Zeit wieder als Kind zu fühlen, im früheren Jugendzimmer zu schlafen und den leckeren Sonntagsbraten mit Rotkohl und Salzkartoffeln zu essen, den meine Mutter so unvergleichlich zubereiten konnte. Als Studentin war mir jede Abwechslung von dem nicht gerade sensationellen Mensaessen willkommen, und es war schön, wieder einmal am Tisch mit meinen Eltern und Brüdern zu sitzen.

Aber dieses Mal war alles anders. Noch nie hatte es in der 2000-Seelen-Gemeinde ein solch unerhörtes Ereignis gegeben. Ein Mord war geschehen! Die schreckliche Tat war in aller Munde, es herrschte eine merkwürdig fiebrige Atmosphäre, eine Mischung aus echter Anteilnahme, Sensationshunger und Empörung.

Ich hatte Annemarie Meyberg gut gekannt. Die Familie Meyberg wohnte nur drei Höfe weiter und gehörte zu unseren Nachbarn. Damals, in den frühen 70er Jahren, bedeutete Nachbarschaft mehr als heute, besonders auf dem Land: Sie war eine klar definierte soziale Gemeinschaft, die nicht nur in gegenseitigen Besuchen und gemeinsamen Feiern bestand, sondern auch zu bestimmten Aufgaben verpflichtete. So war es üblich, sich gegenseitig beim Einbringen und Dreschen des Getreides, beim Roden der Kartoffeln oder beim Aufhäufen der Mais-Silagen zu helfen. Runde Geburtstage, Hochzeiten, der Jahreswechsel und das Erntedankfest wurden gemeinsam vorbereitet und gefeiert. Und auch bei Beerdigungen fielen den Nachbarn verschiedene Aufgaben zu: Das Helfen beim Ausfüllen und Adressieren der zahlreichen Totenbriefe, das Beten des Rosenkranzes in der Friedhofskapelle, das Tragen des Sarges gehörten ddzu, außerdem das Austeilen der Totenbildchen am Eingang der Kirche oder das Einschenken des Kaffees beim Leichenschmaus. Die Frauen und Mädchen halfen beim Beschriften der Karten, sie beteten jeden Abend den Rosenkranz am

Sarg des Verstorbenen in der Friedhofskapelle, sie bereiteten den Leichenschmaus im Gemeindehaus vor und schenkten den Beerdigungsgästen den Kaffee ein. Die Männer hatten die Aufgabe, den Sarg zu tragen und die Totenbildchen am Eingang der Kirche zu verteilen.

Nun aber war an eine Beerdigung vorerst nicht zu denken, denn Annemaries Leiche musste noch obduziert werden. Allein das Wort Obduktion verursachte mir schon heftiges Unbehagen. Die Vorstellung, dass der Körper des hübschen jungen Mädchens auf dem Seziertisch des Pathologen lag und aufgeschnitten wurde, war furchtbar. Annemarie war einige Jahre jünger gewesen als ich, gerade mal sechzehn Jahre alt, ein hochgewachsenes, schlankes Mädchen mit einem runden Gesicht und strahlenden blauen Augen. Sie war lebhaft und fröhlich gewesen, stets gut gelaunt, nett und höflich. Ich hatte sie oft um ihr wunderbares hellblondes Haar beneidet, das ihr, wenn sie es offen trug, in fließenden Wellen bis zur Taille reichte. Meistens trug sie es jedoch in einem dicken geflochtenen Zopf auf dem Rücken. Seit ich von zu Hause ausgezogen war, hatte ich sie nur noch selten gesehen, das letzte Mal zu Ostern beim Ball im Dorfsaal, wo sie regelrecht von jungen Männern belagert gewesen war.

Und jetzt was sie tot. Ermordet! Jemand hatte ihr ein Messer in den Rücken gestoßen und sie war verblutet, berichtete die Lokalzeitung. Sie hatte sich noch einige Meter weitergeschleppt, war dann aber zusammengebrochen und gestorben. Als ich zur Vorbereitung der Beerdigung mit den anderen Nachbarinnen in das Haus der Familie Meyberg trat, empfing uns eine Atmosphäre der Trauer, die geradezu greifbar war. Die beiden Brüder, der 19-jährige Max und der 13-jährige Philipp, saßen mit verheulten Augen und starren Gesichtern auf dem Sofa im Wohnzimmer und sagten kein Wort, die Mutter, Anna, flüchtete sich mit hektischen Bewegungen in die hausfraulichen Tätigkeiten des Tischdeckens und Kaffee-Einschenkens, der Vater, Alfred, versuchte in einem mit gedämpften Stimmen geführten Gespräch mit dem Pastor und dem Bestattungsunternehmer die Formalitäten der Beerdigung zu regeln. Ich hatte noch die Hochzeit des Ehepaares vor Augen, die ich als Sechsjährige miterlebt hatte: Eine echte Bauernhochzeit auf der mit frischen Birken geschmückten Diele, das Essen wurde von den Nachbarinnen, darunter meine Mutter, gekocht, und abends tanzte Groß und Klein nach Akkordeonmusik. Später hatte ich gelegentlich auf die Kinder aufgepasst, als sie noch klein waren, Max hatte ich in der 8. Klasse Nachhilfeunterricht in Mathematik gegeben. Nun war diese Familie plötzlich aus ihrem normalen Leben herausgerissen worden durch eine unglaubliche, völlig unverständliche Bluttat. Sie schien wie in Entsetzen und Trauer erstarrt.

Beim Einkaufen - meine Mutter hatte mich geschickt, um Lebensmittel zu besorgen - erlebte ich, was das Verbrechen in der Dorfgemeinschaft auslöste. Wohin ich auch kam, überall gab es nur ein Gesprächsthema. Die Lokalpresse überschlug sich mit ihren Schlagzeilen, der Pfarrer verurteilte den Mord von der Kanzel herab als grauenvolle Untat und forderte zum Gebet für das unschuldige Opfer auf, und die Männer schüttelten im Wirtshaus die Faust gegen den Mörder. Die wildesten Spekulationen über die

Hintergründe der Tat kursierten: Wer könnte es getan haben? Doch wohl keiner aus dem Dorf? Ein Fremder? Ein zufällig vorbei kommender Sexualmörder? Es herrschte eine aufgeheizte Stimmung voll Rachedurst und Aggression. Als die Polizei die Bevölkerung zur Mithilfe bei der Suche nach der Tatwaffe aufforderte, durchkämmten Hunderte von Menschen die an der kleinen Siedlungsstraße, dem Tatort, gelegenen Getreide-, Kartoffel- und Maisfelder. Jeder Wassergraben, jeder Tümpel und jedes Waldstück wurde durchsucht. Sogar nachts waren die Eifrigsten noch mit Taschenlampen unterwegs. Man fand die unwahrscheinlichsten Dinge: Kleidungsstücke, Werkzeuge, Fahrradteile, Kinderspielzeug und etliche Münzen, das Tatwerkzeug jedoch wurde nicht gefunden.

Der Friedhof war schwarz von Menschen. Noch nie hatte ich so viele Teilnehmer an einer Beerdigung gesehen, obwohl es im Dorf üblich war, die Verstorbenen auf ihrem letzten Weg zu begleiten, auch wenn man sie nicht persönlich gekannt hatte. Es gehörte zu den sozialen Pflichten. Aber diesmal übertraf die Teilnehmerzahl jedes normale Maß. Dutzende von Presseleuten mit übergroßen Fotokameras hatten sich vor der Friedhofskapelle versammelt und machten ununterbrochen Aufnahmen von den Angehörigen, den Verwandten, sogar von dem Pastor und den Messdienern. Die Leichenhalle mit dem aufgebahrten Sarg war überfüllt mit üppig geschmückten riesigen Kränzen, Blumengestecken und Sträußen. Die unterschiedlichsten Blumendüfte vermischten sich in betäubender Weise mit den Ausdünstungen der Menschen, die sich in der kleinen Halle drängten. Der helle Eichenholzsarg war ausgelegt mit weißen Seidenkissen. Annemaries Gesicht glich dem einer Porzellanpuppe, das lange helle Haar hatte man zu beiden Seiten über ihre Schultern drapiert, sodass es wie bei Botticellis Venus in weichen Wellen bis zur Taille floss. Ihre weiße Bluse besaß am Hals üppige Rüschen, die ihr zartes, stilles Gesicht wie Blütenblätter umfassten, und um die noch kindlichen gefalteten Hände hatte man ihr einen Rosenkranz mit weißen Perlen geschlungen. Weiße Lilien mit großen trichterförmigen Blüten dienten als Sargschmuck. Es war ein ergreifendes Bild, und ich stellte mir vor, dass die Bild-Zeitung, deren Reporter ich eifrig fotografierend vor der Leichenhalle entdeckt hatte, mit diesem Foto auf der Titelseite sicher ihre Auflage steigern würde.

Mir fiel die Aufgabe zu, zusammen mit den anderen Nachbarinnen im Gemeindehaus die Kaffeetafel für den Leichenschmaus vorzubereiten. Es mussten Hunderte von Brötchen mit Butter geschmiert und mit Käse, Wurst und Schinken belegt werden, der vom Bäcker gelieferte Butterkuchen musste geschnitten, auf Teller verteilt und auf die langen Tische gestellt werden, die mit weißen Decken belegten Tische mussten mit Kuchentellern, Tassen und Untertassen sowie Milchkännchen und Zuckerdosen gedeckt und mit kleinen Blumenvasen geschmückt werden. Man rechnete mit bis zu zweihundert Gästen, mehr fasste das Gemeindehaus nicht.

Als die Beerdigung und die Messe vorbei waren, strömten die Trauergäste in den Saal und verteilten sich an den Tischen. Beim Kaffeetrinken löste sich nach und nach die Anspannung und die Unterhaltungen wurden lauter.

Während ich fleißig Kaffee und Tee nachschenkte, konnte ich Teile der Gespräche mit verfolgen. Es war beunruhigend, mit welcher Wut über die Mordtat geredet wurde. Mehr als einmal schnappte ich Sätze auf wie „Den müsste man aufhängen!", „Wer das getan hat, ist kein Mensch mehr!", „Sofort umbringen, das Schwein!" Es hatte sich im Dorf herumgesprochen, dass die Polizei alle Nachbarn und Bekannten der Familie näher befragt hatte, und es ging das Gerücht, der Täter käme wahrscheinlich aus der Gemeinde. Mich beschlich ein mulmiges Gefühl bei dem Gedanken, dass der Mörder vielleicht sogar an einem der Tische saß und ich ihm eben noch Kaffee eingeschenkt hatte.

Liebe Teresa!
Bist du gut angekommen in Göttingen? Ich hoffe, die Zugfahrt ist Dir nicht zu langweilig geworden. Haben Dir die Schinkenbrote geschmeckt, die ich dir eingepackt habe? Denk daran, dass Du immer gut isst, du bist viel zu dünn.
Von hier gibt es wieder viel Neues zu berichten. Nach all der Aufregung um die Ermordung der armen kleinen Annemarie hat es nun auch noch einen Brand gegeben. Du kennst ja die kleinen Häuser, die die Gemeinde an die Sozialhilfeempfänger vergibt? Eines dieser Häuser ist letzten Sonntag abgebrannt, bis auf die Grundmauern. Und das Ehepaar Maler, du weißt ja, sie waren schon seit Jahren hoffnungslose Alkoholiker, ist dabei ums Leben gekommen. Stell Dir das einmal vor! Und das Schlimmste ist: Die Polizei behauptet, dass es Brandstiftung gewesen sein soll! Von einem 'Brandbeschleuniger' war die Rede. Aber die Leute im Dorf gehen eher davon aus, dass die Antonia Maler im Bett

geraucht hat und dann mit der brennenden Zigarette eingeschlafen ist. Sie hat ja eine Zigarette nach der anderen geraucht und war bestimmt wieder betrunken. Aber die Polizei hat auch in unserem Dorf nach Verdächtigen für die
Brandstiftung gesucht. Sogar Dein Vater und Deine Brüder
mussten mit aufs Revier, und alle unsere Nachbarn. Die Polizei hat wohl geglaubt, dass der Brand die Rache für den
Mord an der kleinen Annemarie gewesen sei. Der schwach-
sinnige Junge der Malers, dieser Toni, hat das Mädchen ja
erstochen. Man sagt, weil sie seine Zudringlichkeiten zu-
rückgewiesen hat. Mit seinem Schnitzmesser hat er ihr in
den Rücken gestochen! Im Verhör soll er immer wieder gesagt haben: Schönes goldenes Haar! So schönes goldenes
Haar! Das arme Mädchen! Es gab unter den Dingen, die man
in der Nähe des Tatortes gefunden hat, ein kleines ge-
schnitztes Holzpferdchen, das der Toni gemacht hat. Er hat
es der Annemarie wohl schenken wollen und sie hat ihn ab-
gewiesen. Er hat alles gestanden. Der Junge ist jetzt in einer
geschlossenen Anstalt. Und die Eltern sind jetzt auch tot. Jedenfalls, die Polizei musste die Untersuchungen wegen der
Brandstiftung einstellen, denn zufällig waren alle unsere
Nachbarn an dem Abend in der Gaststätte beim Doppel-
kopfturnier. Sie hatten also alle ein 'Alibi', wie sie das nennen. Dein Vater hat sogar den zweiten Preis gewonnen, eine
zehn Kilo schwere Gans. Wenn Du das nächste Mal zu Besuch kommst, werde ich sie lecker zubereiten mit meiner
berühmten Apfel-Rosinen-Füllung.

Wir hoffen, es geht Dir gut. Studiere fleißig, wir sind stolz
auf Dich. Viele Grüße auch von Papa und den Jungs,
Deine Mama

Die Schulfreunde

„Ach", sagte Jan, „jetzt hat es Christian auch erwischt." Er legte die Zeitung beiseite und sah seiner Frau zu, die ihm gerade den Frühstückskaffee einschenkte.

„Du erinnerst dich doch an Christian, Sonja?"

Sonja runzelte die Stirn, dann schüttelte sie den Kopf. Sie trank ihren Kaffee.

„Wo bleiben die Kinder", sagte sie unwillig und blickte auf die Uhr an ihrem Handgelenk. „Sie kommen noch zu spät zur Schule."

„Du hast ihn kennengelernt, vor etwa zwei Jahren, auf dem Klassentreffen zu meiner zwanzigjährigen Abiturfeier. Meinen alten Schulfreund, den Christian."

Jan bestrich sich sein Brötchen mit Honig und biss mit Genuss hinein.

„ Er kam damals mit seinem Jaguar angefahren, weißt du noch?", sagte er beim Kauen.

Sonja nickte abwesend, stand auf, ging auf den Flur und rief zur Treppe hinauf:

„Tim, Alexandra, frühstücken! Immer dasselbe", seufzte sie, als sie in die Küche zurückkehrte, „nie stehen sie früh genug auf, und dann immer diese Hetze."

„Ach, lass sie doch", meinte ihr Mann, „die beiden sind schon in Ordnung."

Er war stolz auf seine Kinder, die jetzt in die Küche kamen und sich an den Tisch setzten. Tim war dreizehn und ein guter Fußballspieler. Jeden Samstag begleitete Jan ihn zum Training und sonntags schaute er beim Spiel zu. Und Alexandra, seine süße Zehnjährige! Blondes Haar, blaue Augen, der reinste Sonnenschein!

Jan sah auf die Uhr, seufzte und erhob sich. „Ich muss los ,“ sagte er zu seiner Frau. „Ich werde heute Abend etwas später kommen, wir haben noch eine Vorstandssitzung.“

Er umarmte seine Frau, gab seinen Kindern einen Kuss auf den Scheitel und verließ das Haus.

Er hatte es nicht weit. Die wenigen Straßen bis zu seiner Bank, in der er arbeitete, fuhr er mit dem Fahrrad. Wegen der frischen Luft, der Bewegung und wegen der Umwelt. Er liebte seine kleine Stadt. Außer zum Studium hatte er sie nie verlassen. Mit seinen 42 Jahren hatte er es schon zum Direktor der örtlichen Bank gebracht, in der Stadt kannte man ihn, er hatte Freunde im Tennisverein und war im Elternbeirat des Gymnasiums, das seine Kinder besuchten.

Jan dachte an den Zeitungsartikel, den er beim Frühstück gelesen hatte. Die Firma seines Schulfreundes Christian stand kurz vor der Insolvenz. Es war eine Softwarefirma, die im Auftrag eines großen Konzerns gearbeitet hatte. Dieser Konzern hatte an der Börse spekuliert und im Zuge der Finanzkrise war der Aktienkurs ins Bodenlose gefallen, was zur Folge hatte, dass der Firma seines Freundes die Aufträge wegbrachen. Jan konnte sich ein schadenfrohes Lächeln nicht verkneifen. Wie großspurig Christian aufgetreten war, damals, auf dem Klassentreffen! Er hatte einen maßgeschneiderten Anzug getragen, hatte Fotos von seinem Ferienhaus in der Toskana herumgezeigt und dauernd Drinks spendiert. Jan musste sich eingestehen, dass er genau wie die anderen um den schwarzen Jaguar herumgestanden und bewundernd mit der Hand über das glänzende Chassis gestrichen hatte. Aber es hatte ihn maßlos geärgert, wie gönnerhaft und herablassend Christian reagiert hatte, als er, Jan, von seiner Arbeit bei der Bank und von seiner Familie erzählt hatte. „Bist du denn nie aus diesem Kaff heraus gekommen?", hatte er ihn gefragt. Christian war natürlich nicht verheiratet, dafür hatte er wechselnde Freundinnen, die alle aussahen wie Heidi Klum.

Jan rief sich zur Ordnung. Er wollte nicht neidisch sein und er hatte ja auch keinen Grund dazu. Er war stolz auf sein schönes Einfamilienhaus, auch wenn es noch längst nicht abbezahlt war, auf seine Frau, die er immer noch liebte, und auf seine beiden wohlgeratenen Kinder. Was hatte Christian jetzt von seinem Reichtum und von seinem Leben in der großen Welt? Er hatte alles verloren und stand alleine da.

Jan war bei seiner Bank angekommen. Er schloss sein Fahrrad gewissenhaft ab und ging fröhlich pfeifend durch die Schalterhalle zu seinem Büro. Seine Sekretärin begrüßte ihn freundlich und sagte:

„Herr Direktor, ein Herr wartet in Ihrem Büro auf Sie."

„Aha", sagte Jan, „wer ist es denn?"

„Er sagt, er sei ein alter Schulfreund von Ihnen, ein Herr Christian Meinerling."

Jan blieb überrascht stehen. Christian, dachte er, hier bei mir in der Bank? Was konnte er wollen? Sicher ging es um die Pleite seiner Firma.

Als Jan sein Büro betrat, erhob Christian sich aus dem Sessel, in dem er gesessen hatte, und kam lächelnd auf ihn zu.

„Grüß dich, alter Freund", sagte er „so sieht man sich wieder! Nett hast du es hier, wirklich, ein schönes Büro."

Jan bat ihn, wieder Platz zu nehmen und setzte sich hinter seinen Schreibtisch. Er war gespannt, wann Christian sein Anliegen zur Sprache bringen würde. Nachdem sie einige Höflichkeiten ausgetauscht hatten und Jan durch seine Sekretärin Kaffee und Gebäck hatte bringen lassen, fragte er:

Was kann ich denn für dich tun, Christian? Denn ohne Grund bist du doch sicher nicht hier."

Wie nicht anders zu erwarten gewesen war, brauchte Christian Geld. Er war dumm genug gewesen, mit seinem privaten Vermögen für seine Firma zu haften, die nun vor dem Ruin stand. Jan stellte nicht ohne Genugtuung fest, dass von dem großspurigen Auftreten, das ihn so geärgert hatte auf dem Klassentreffen, nichts mehr übrig geblieben war. Jetzt sah nur noch seinen Jugendfreund vor sich, mit dem er so manches unvergessliche Erlebnis während der gemeinsamen Schulzeit geteilt hatte.

„Na, dann will ich mal sehen, was sich machen lässt", sagte er und lehnte sich in seinem Sessel zurück.

Schuldig

Die Scheibenwischer, die in gleichmäßigen Intervallen den Regen von der Windschutzscheibe wischten, hinterließen deutliche Schlieren, in denen sich das Scheinwerferlicht brach. Ich muss mir endlich neue Wischblätter besorgen, dachte Christa. Wie sie dieses kalte, ungemütliche Novemberwetter hasste! Sie musste sich anstrengen, um der nur durch die Scheinwerfer beleuchteten Straße zu folgen. Gut, dass um diese frühe Morgenstunde noch kaum Verkehr herrschte. Sie gähnte. Wie müde sie war! Gott sei Dank war die Nachtschichtwoche im Krankenhaus vorbei.

Die letzte Nacht war besonders schlimm gewesen. Gegen zwei Uhr hatte die Bettnachbarin der alten Frau Bernhardt geklingelt. „Sie atmet so komisch", sagte die besorgte Mitpatientin und wies auf die Dreiundneunzigjährige im Nachbarbett. Offensichtlich war die alte Frau ins Koma gefallen. Dr. Weingart, der Bereitschaftsarzt, stellte fest, dass es mit Frau Bernhardt zu Ende ging. Austherapiert, hieß es. Keine Angehörigen. Niemand, der benachrichtigt werden musste. Christa brachte zusammen mit der Hilfsschwester die Sterbende in das kleine Einzelzimmer am Ende des Flurs, das Sterbezimmer, wie sie es nannten. Christa hatte eine Weile am Bett der Greisin gesessen und ihre durchsichtige, knochige Hand gehalten, bis wieder einer der anderen Patienten auf die Klingel drückte und sie zu sich rief. Sie verteilte Schmerztabletten, schüttelte Kopfkissen auf und redete beruhigend auf die Kranken ein, die aus Angst oder vor Schmerzen nicht schlafen konnten. Routine eben. Jede halbe Stunde hatte sie nach Frau Bernhardt gesehen, und als sie um halb fünf wieder ihren Zustand überprüfte, lag der magere alte Körper still unter der Decke. Die Augen waren geschlossen, das faltige Gesicht weiß und ruhig. Es ähnelte auf unheimliche Art einem Totenkopf, als hätte der Tod selber seinen Stempel darauf gedrückt. Ob ich mich jemals an das Sterben gewöhnen werde, fragte Christa sich zum hundertsten Mal. Sie versuchte, den Gedanken daran abzuschütteln.

Wieder musste sie gähnen. Sie war so müde! Diese elenden Nachtschichten! Sie konnte tagsüber einfach nicht richtig schlafen. Nie mehr als vier oder fünf Stunden am Stück. Am Ende einer solchen Woche fühlte sie sich immer wie gerädert und sterbensmüde. Meistens brauchte sie dann mindestens zwei Tage, um wieder in den normalen Tag-Nacht-Rhythmus zurückzufinden. Sie merkte, wie ihre Augenlider schwer wurden.

Plötzlich ein Schlag und ein dumpfes Geräusch! Was war das? Hatte sie etwas angefahren! Ganz deutlich hatte sie den Aufprall gespürt. Christa trat heftig auf die Bremse und hielt an. Oh Gott, sie war mit etwas zusammengestoßen! Aber sie hatte doch nichts gesehen! Ob sie kurz eingenickt war? Sie sah in den Rückspiegel. Alles dunkel. Vor ihr im Scheinwerferlicht nur das nass glänzende schwarze Band der Straße. Sie spürte ihr Herz heftig klopfen. Wie in Zeitlupe öffnete sie die Autotür und stieg aus. Es regnete immer noch. Ihre Knie zitterten. Sie musste sich am Autodach festhalten. Langsam ging sie zum hinteren Teil des Autos. Im Licht der Rückstrahler konnte sie ein kurzes Stück der Straße überblicken. Es war nichts zu sehen. Die kurvige Landstraße führte an dieser Stelle ein Stück durch ein Waldgebiet; entlang der Straße verlief ein seichter Wassergraben, der dicht mit Sträuchern und Gräsern bewachsen war. Christa ging ein paar Meter auf dem Asphalt zurück und suchte im spärlichen Licht ihres Handys, das sie eingeschaltet hatte, nach dem, was sie überfahren oder angefahren hatte. In der Dunkelheit konnte sie nichts entdecken. Sicher ein Tier, dachte sie, vielleicht ein Reh oder ein Wildschwein. Hier wurde überall vor Wildwechsel gewarnt. Wahrscheinlich war es nicht schwer verletzt worden und weggelaufen, als sie angehalten hatte.

Sie ging zum Auto zurück und untersuchte den rechten vorderen Kotflügel. Der Scheinwerfer war unbeschädigt. Also kann es nicht so schlimm gewesen sein, dachte sie. Langsam beruhigte sie sich wieder. Wenn sie nur eine Taschenlampe dabei hätte! In der Dunkelheit war trotz des Scheinwerferlichts kaum etwas zu sehen. Sie ging zum Auto und stellte den immer noch laufenden Motor ab. Wenn es nun doch ein Mensch gewesen war? Vielleicht lag er irgendwo und war ohnmächtig? Oder sogar tot? Sie horchte angestrengt. Nichts war zu hören als die Windgeräusche aus dem Wald und der Regen, der auf das Dach der Autos trommelte und immer stärker wurde. Es war niemand da. Wer würde denn auch um diese Uhrzeit im Dunkeln und im Regen auf dieser einsamen Landstraße herumlaufen? Schnell stieg sie ins Auto und fuhr nach Hause.

Achim schlief noch, als sie leise ins Schlafzimmer trat. Sie knipste die Nachttischlampe an und setzte sich auf die Bettkante.

„Wach auf, Achim, ich muss dir was erzählen."

„Hm? Was ist denn? Wie spät ist es?" Er blinzelte ins Licht und setzte sich auf.

„Ich habe einen Unfall gehabt."

„Was?" Er war auf einen Schlag hellwach. „Ist dir was passiert?"

„Nein, nein. Aber ich habe etwas angefahren, vorhin auf der Landstraße. Du weißt schon, in dem Waldgebiet."

„Ist das Auto kaputt?"

„Nein, man sieht jedenfalls kaum etwas. Ich hab zuerst gedacht, es sei ein Tier, aber jetzt denke ich, es könnte auch ein Mensch gewesen sein. Ich habe so ein ungutes Gefühl."

„Ein Mensch? Jetzt um diese Zeit? Im Wald? Bestimmt war es ein Wildschwein. Oder ein Reh."

„Ich weiß nicht, Achim. Ich bin so unruhig. Ich habe zwar nachgesehen, aber ich habe nichts gefunden. Es war ja so dunkel, und es regnet. Kannst du nicht hinfahren und noch einmal nachschauen? Mit einer Lampe?"

Achim sah seine Frau an. Wie hilflos sie aussah! Völlig verstört und aufgelöst. Er schwang seine Beine aus dem Bett und stand auf.

„Wo genau ist es passiert? Ich nehme die starke Taschenlampe mit und suche die Strecke mit meinem Auto ab. Mach dir keine allzu große Sorgen, Christa. Trink erst einmal eine Tasse Kaffee und beruhige dich. Ich bin bald wieder da."

Als er nach einer halben Stunde zurückkehrte, saß Christa in der Küche und sah ihm mit angstvollen Augen entgegen.

„Nichts", sagte er, „ich habe nichts gefunden."

„Hast du auch gründlich gesucht?"

„Es regnet in Strömen. Ich bin die ganze Strecke im Wald im Schritttempo abgefahren. Da war nichts. An der Stelle, die du beschrieben hast, habe ich sogar den Graben abgesucht. Nichts. Ganz bestimmt ist dem Tier nicht viel passiert und es ist gleich wieder in den Wald gelaufen. Du kannst beruhigt sein. Am besten gehst du jetzt erst einmal schlafen. Du siehst todmüde aus."

„Ja, du hast recht." Christa stand auf. „Danke, dass du nachgesehen hast. Es hätte ja sein können ..."

Achim sah seiner Frau nach, als sie die Küche verließ. Wie erschöpft sie wirkte! Und alt. Seit wann war so viel Grau in ihren dunklen Haaren? Und diese tiefen Falten um ihren Mund herum! Sie waren ihm zum ersten Mal aufgefallen. Es wusste zwar, dass die Nachtschichten sie jedes Mal sehr anstrengten, aber noch nie hatte sie so mitgenommen gewirkt. Sicher ist das auch der Schock nach dem Unfall, sagte er sich. Mit einem Mal tat sie ihm schrecklich Leid. Ich muss mich mehr um sie kümmern, dachte er. Wann hatte er sie das letzte Mal umarmt? Nun ja, nach so vielen Ehejahren hatte man sich eben aneinander gewöhnt. Dennoch: Er nahm sich vor, mehr auf seine Frau zu achten. Gut, dass Samstag war und sie sich richtig ausschlafen konnte am Wochenende.

Er schenkte sich eine Tasse von dem Kaffee ein, der auf der Warmhalteplatte stand, und überlegte. Vielleicht sollte er sich Christas Kleinwagen einmal genauer ansehen. Hatte der Zusammenprall eventuell doch mehr Spuren hinterlassen, als Christa im Dunkeln gesehen hatte? Als er das Licht in der Garage anknipste, erschrak er. Der rechte Kotflügel wies eine deutliche Beule und eine tiefe Schramme auf! Also musste es doch ein größeres Tier gewesen sein, Rotwild oder ein großer Hund. Er untersuchte die Beule genauer. Es waren keine Tierhaare oder Blut zu sehen. Komisch, dachte Achim. Er beschloss, die Beule herauszudrücken und die Schramme auszubessern. Als Hobbybastler und gelernter Elektromeister stellte das Ausbeulen, Schleifen und Polieren kein Problem für ihn dar. Nach drei Stunden Arbeit war von dem Unfall keine Spur mehr zu sehen. Zufrieden ging er ins Haus zurück.

Am Montagmorgen saßen Christa und Achim wie üblich gemeinsam am Frühstückstisch, jeder einen Teil der Tageszeitung vor sich.

„Schau dir das an, Achim!" Aufgeregt reichte Christa die Zeitung zu ihrem Mann hinüber und deutete mit dem Finger auf einen der Artikel. Sie war leichenblass geworden. Dann hielt sie sich plötzlich die Hand vor den Mund und rannte aus der Küche ins Badezimmer. Durch die geschlossene Tür hörte Achim, wie sie sich würgend erbrach.

Bestürzt nahm er die Zeitung zur Hand und überflog den Artikel auf der ersten Seite. „Obdachloser angefahren und ertrunken. Unfallfahrer flüchtet." Kein Zweifel, das konnte nur der Unfall seiner Frau gewesen sein. Tag und Uhrzeit stimmten, auch der Ort. Ein Fahrradfahrer hatte am Samstagmorgen den Toten gefunden. Man hatte an der Leiche Verletzungen festgestellt, die eindeutig von einem Zusammenprall mit einem Fahrzeug stammten. Aber daran war der Mann nicht gestorben. Er war ertrunken. Der Zusammenstoß mit dem Auto hatte ihn offensichtlich in den Wassergraben geschleudert, wo er mit dem Kopf unter Wasser geraten war. Man hatte zudem einen Alkoholwert von 1,8 Promille in seinem Blut gefunden. „Das Unfallopfer hätte gerettet werden können, wenn der Autofahrer Hilfe geholt hätte", schrieb die Zeitung.

Achim ließ sich auf den Stuhl fallen und versuchte, sein klopfendes Herz zu beruhigen. Er konnte es nicht glauben. Er hatte doch alles abgesucht! Allerdings: Es war stockdunkel gewesen, das Licht der Taschenlampe hatte kaum ein paar Meter gereicht, und der Regen war immer stärker geworden. Den Wassergraben hatte er nur einige Meter weit abgesucht. Vielleicht war der Mann weiter weg geschleudert worden. Oder Christa hatte später gebremst, als sie dachte, sodass ihr Auto erst ein Stück von der Unfallstelle entfernt zum Stehen gekommen war. Jedenfalls hatte er den Mann nicht gefunden. Was sollten sie jetzt bloß tun?

Immer noch kreidebleich kam Christa in die Küche und setzte sich Achim gegenüber an den Frühstückstisch. Mit einem Blick, in dem tiefste Verzweiflung lag, sah sie ihn an. Achim langte über den Tisch und nahm ihre beiden Hände in die seinen. Sie waren eiskalt.

„Ich habe einen Menschen umgebracht, Achim."

Hilfesuchend sah Christa ihren Mann an. Offenbar war er genauso erschüttert wie sie. Was hatte sie nur getan? Sie fühlte, wie wieder Brechreiz in ihr hochkam und schluckte mehrmals, um ihn zu unterdrücken. Der Druck von Achims warmen Händen war tröstlich. Wann waren sie sich zuletzt so nahe gewesen? Sie konnte sich nicht erinnern. Ihr Leben lief stets so geordnet ab, alles war geregelt, es war ein zufriedenes, bestens organisiertes Nebeneinander gewesen. Bis jetzt. Der Unfall hatte alles durcheinander gebracht, aber merkwürdigerweise waren sie sich dadurch wieder nähergekommen.

„Ich bin Krankenschwester, Achim, ich helfe den Menschen. Jetzt ist durch meine Schuld ein Mensch gestorben. Was soll ich denn jetzt nur machen?" Sie spürte, wie ihr die Tränen in die Augen stiegen. Nur nicht heulen!

„Du hast es doch nicht absichtlich getan, Christa! Im Gegenteil! Wir haben doch getan, was wir konnten. Du hast nach ihm gesucht, ich habe nach ihm gesucht, was hätten wir denn noch tun sollen?"

„Wir haben nicht genug gesucht! Er hat irgendwo in dem Graben gelegen und ist jämmerlich ertrunken, der arme Mann."

„Ja, aber er war betrunken, Christa. Wahrscheinlich hat das auch etwas damit zu tun. Vielleicht hätte er sich selbst retten können, wenn er nüchtern gewesen wäre. Und vielleicht hat er sogar den Unfall selbst verursacht. Er ist sicher auf der Straße herumgetorkelt, bei der Promillezahl. Du kannst nichts dafür."

Christa fühlte sich durch Achims Worte getröstet. Er hatte Recht, sie konnte nichts dafür, jedenfalls war es nicht allein ihre Schuld. Trotzdem: Sie hatte das Auto gefahren.

„Meinst du nicht, wir sollten zur Polizei gehen und erzählen, wie es gewesen ist?"

„Was soll das denn bringen, Christa! Der Mann wird dadurch nicht wieder lebendig. Wenn du dich stellst, zieht das nur eine Menge bürokratischen Kram nach sich, wegen der Unfallflucht und so. Und helfen tut es niemanden. Nein, was geschehen ist, ist geschehen. Es würde alles nur schlimmer machen."

Christa sah ihrem Mann in die Augen und nickte. Sie stand auf, ging zu ihm, und Achim nahm sie in die Arme. Wie seit langem nicht mehr spürten sie die gegenseitige Nähe und Vertrautheit. Eine ganze Weile standen sie so.

„Stefan! Es war Stefan Steinfeld, den ich angefahren habe, Achim!" Aufgeregt hielt Christa ihrem Mann ein paar Tage später die Tageszeitung entgegen. Diesmal war es eine Todesanzeige, auf die sie wies.

„Was?"

„Hier steht es: 'Durch einen tragischen Unfall' ... und so weiter, 'mein lieber Mann, unser guter Vater' ... Das Todesdatum stimmt, auch das Alter. Zweiundfünfzig Jahre, hat in dem Artikel gestanden, so alt wie ich. Es war Stefan!"

Bestürzt nahm Achim seiner Frau die Zeitung aus der Hand. Stefan Steinfeld! Ein Bekannter von ihnen aus ihrer Kindheit. Sie waren alle drei zusammen zur Schule gegangen. Nach der Schulzeit hatten sie sich aus den Augen verloren, nur hin und wieder hatten sie von ihm gehört. Stefan hatte eine Computerfirma gegründet, war aber nach einigen erfolglosen Jahren Pleite gegangen und hatte danach nicht mehr Fuß fassen können. Seine Frau hatte sich von ihm getrennt, die beiden halbwüchsigen Kinder lebten bei der Mutter. Das Einfamilienhaus musste mit hohem Verlust verkauft werden. Achim hatte gehört, zuletzt habe Stefan immer mehr getrunken, habe seine Wohnung verloren und sei in einem Obdachlosenheim gelandet. Das Obdachlosenheim! Jetzt fiel ihm ein, dass es nicht weit von dem Waldstück entfernt lag, wo Christa den Unfall hatte.

„Oh mein Gott!", entfuhr es ihm.

Christa stand da, mit vor dem Mund gehaltener Hand, als könnte sie nicht fassen, was sie gerade erfahren hatte.

„Ich kenne seine Frau", sagte sie mit tonloser Stimme. „Meike heißt sie. Sie hat im Krankenhaus ihre Mutter oft besucht. Die hatte Krebs. Oh Gott! Und die Kinder waren auch oft da." Sie sah ihren Mann mit aufgerissenen Augen an. „Achim! Ich habe den Vater von Jonas und Klara Steinfeld totgefahren!" Sie ließ sich auf einen Stuhl fallen und schlug die Hände vors Gesicht. Achim trat zu ihr und streichelte beruhigend ihre Schulter.

„Es ist furchtbar, Christa, ganz furchtbar. Aber wir können es nun mal nicht ändern." Er nahm die Zeitung und las die Todesanzeige noch einmal durch. 'Die Beerdigung ist am Freitag, 15.00 Uhr, von der Friedhofskapelle aus', stand da.

„Wir müssen zur Beerdigung gehen, Christa."

Ungläubig starrte seine Frau ihn an.

„Es gehört sich so", ergänzte er, „es würde auffallen, wenn wir nicht daran teilnähmen."

Entschieden schüttelte Christa den Kopf.

„Ich kann das nicht, Achim! Ich kann doch Meike nicht in die Augen sehen und ihr kondolieren, wo ich ihren Mann auf dem Gewissen habe! Und die Kinder? Wie soll ich ihnen denn gegenübertreten?" Ihre Stimme wurde schrill, und mit tränennassen Augen sah sie Achim an. „Ich kann das nicht!", wiederholte sie, rannte aus der Küche und schlug die Tür hinter sich zu.

Achim hörte, wie sie ins Badezimmer lief und sich einschloss. Er sah auf die Uhr. Höchste Zeit, dass er sich zur Arbeit aufmachte. Er klopfte an die Badezimmertür. „Christa, ich muss jetzt los. Es tut mir leid. Beruhige dich doch. Wir können heute Abend noch einmal darüber reden. In Ordnung?"

„In Ordnung!", hörte er ihre gedämpfte Stimme von drinnen.

Mit ernsten Gesichtern umstanden die schwarzgekleideten Menschen das Grab, in das der blumengeschmückte Sarg mit dem Leichnam Stefan Steinfelds hinabgesenkt worden war.

Seine betagten Eltern standen neben seiner geschiedenen Frau und den beiden Kindern. Etliche Verwandte, Freunde und Bekannte warfen mit einer kleinen Schaufel Sand oder Blumen in das offene Grab, bevor sie den Familienangehörigen der Reihe nach die Hand gaben und kondolierten.

Christa und Achim waren unter den Letzten, die der Familie ihr Beileid aussprachen. Beherrscht nahmen der siebzehnjährige Jonas und die zwei Jahre jüngere Klara die Kondolation entgegen. Meike Steinfeld wirkte gefasst, was daran liegen mochte, dass sie seit Jahren nicht mehr mit ihrem Mann zusammengelebt hatte. Sie lächelte Christa an: „Ich freue mich, dass Sie gekommen sind, Schwester Christa. Ich weiß, Stefan war ein Schulkamerad von Ihnen und Ihrem Mann. Danke für Ihre Anteilnahme. Vielleicht kommen Sie einmal auf einen Tee bei mir vorbei? Sie haben sich damals so nett um meine Mutter gekümmert.“

Christa zwang sich zu einem „Sicher, gern!“, fasste Achims Arm und verließ mit schnellen Schritten den Friedhof.

„Ich werde mich stellen! Morgen gehe ich zur Polizei und zeige mich an!“

Auf der Fahrt von der Beerdigung nach Hause hatte Christa kein Wort gesagt, sondern nur eingesunken auf ihrem Sitz gekauert. Nun saß sie Achim gegenüber auf dem Sofa in ihrem Wohnzimmer und blickte herausfordernd in sein Gesicht.

Achim starrte sie entgeistert an.

„Aber Christa! Wir waren uns doch einig ...“

„Das ist mir egal! Versteh doch, Achim! Ich kann das nicht! Ich kann damit nicht leben!“ Erregt sprang sie auf und fing an, im Zimmer herumzulaufen. „Ich bin schuld, dass ein Mensch nicht mehr lebt. Wie auch immer die Umstände waren: Ich bin verantwortlich für Stefans Tod. Schuld daran, dass die Kinder keinen Vater mehr haben. Ich muss dafür geradestehen.“ Christa blickte in das fassungslose Gesicht ihres Mannes. Sie kniete sich auf den Teppich vor ihm hin, nahm seine Hände in die ihren und sah ihm in die Augen.

„Versteh doch, Achim, ich kann nicht so tun, als wäre nichts geschehen. Wenn ich dafür ins Gefängnis muss, dann ist das eben so. Aber ich kann nicht den Rest meines Lebens mit diesem schlechten Gewissen herumlaufen. Wenn du mich noch liebst, wirst du das verstehen, oder? Du liebst mich doch noch, Achim?"

Achim biss sich auf die Lippen. Wieder fielen ihm all die guten Argumente ein, die dafür sprachen, die Angelegenheit einfach zu vergessen. Wem war damit geholfen, wenn Christa eine Strafe erhielt? Wenn ihr guter, unbescholtener Ruf ruiniert würde? Sie, die immer für andere dagewesen war, die sich für ihre Patienten aufgeopfert hatte, würde als Vorbestrafte dastehen. Wer weiß, was solch ein Unfall mit Todesfolge und die Unfallflucht alles nach sich ziehen würde. Würde sie ihren Beruf als Krankenschwester, der doch ihr ganzer Lebensinhalt war, weiterhin ausüben können? Und er? Wo blieb er bei der ganzen Angelegenheit?

Achim sah in die Augen seiner Frau, die immer noch fragend auf ihn gerichtet waren. Er spürte, wie ein tiefes Gefühl für sie ihn durchströmte. Da war jahrelange Vertrautheit, Verständnis und, ja, Liebe. Auf einmal war alles ganz einfach. Er zog Christa zu sich auf das Sofa, nahm sie in die Arme und sagte: „Was immer du tun willst, Christa, ich bin an deiner Seite. Ich liebe dich."

Das Lied

Es war stickig und heiß im Klassenzimmer, obwohl alle Fenster geöffnet waren. Gretchen stöhnte leise. Ihr Blick schweifte hinaus durch die Fenster auf den von der Sonne ausgedörrten, nur an wenigen Stellen vom Laub der großen Eichen beschatteten leeren Schulhof. Die wenigen Spielgeräte standen unbenutzt da: eine Schaukel, die aus einem Holzbrett an einem Seil bestand, das über einen dicken Ast der größten Eiche gespannt worden war, zwei unterschiedlich hohe Kletterstangen aus Eisenrohren zum Turnen und ein massives Holzbrett, das über ein rundes Stück Holzstamm gelegt worden war und das sie als Wippe benutzten. Gern wäre sie jetzt draußen gewesen. Wenn der Schultag nur schon zu Ende wäre, dachte Gretchen. Es waren mehr als fünfzig Kinder in ihrer Klasse, alle schwitzten in der Hitze, der Geruch ihrer Körper vermischte sich mit der heißen Sommerluft und machte Gretchen das Atmen schwer. Das Ende des Schuljahres war nicht mehr weit, tröstete sie sich, der Juli hatte schon angefangen, bald würden die lange ersehnten Sommerferien kommen.

Gretchen wandte ihre Aufmerksamkeit wieder dem Unterricht zu. Heute sollten die Noten im Fach Musik festgelegt werden, hatte ihr Musiklehrer, Herr Sandmann, den Schülern angekündigt, und nun sagte er, dass jeder, der bei ansonsten guten Noten in diesem Fach eine Eins auf dem Zeugnis haben wolle, ein Lied vorsingen müsse, allein, eine vollständige Strophe, vor der ganzen Klasse. Gretchen horchte auf. Eine Eins auf dem Zeugnis! Sie wollte eine Eins haben, natürlich! Sie mochte das Fach Musik, sie war gut im Notenlesen, konnte alle Instrumente beim Namen nennen und liebte es zu singen. Aber nur im Chor mit den anderen oder wenn sie alleine war. Sich vor die Klasse zu stellen und ganz alleine etwas vorzutragen, das war geradezu unvorstellbar für sie. Schon bei dem Gedanken daran, wie alle sie anstarren würden, bekam sie schweißnasse Hände und ihr Herz klopfte bis zum Hals. Sicher würde sie keinen Ton herausbekommen, oder sie würde die Melodie nicht richtig hinkriegen, oder sie würde den Text vergessen. Sie würde einen roten Kopf bekommen und alle würden sie auslachen. Gretchen erschauerte. Es war ganz ausgeschlossen! Auf der anderen Seite: Eine Eins! Sie wollte diese Eins! Eine Eins würde ihr Zeugnis schmücken und ihm den Glanz verleihen, der den vielen Zweien fehlte. Wie würden ihre Eltern sich freuen und stolz auf sie sein! Und außerdem: Sie würde mit dieser Eins auf dem Zeugnis die Beste in der Klasse sein, besser als Dorothea, ihre Banknachbarin, die in allen Fächern genauso gut war wie sie. Und schließlich sollte sie ja mit diesem Zeugnis auf das Gymnasium gehen, was etwas ganz Besonderes war. Sie wollte die Eins unbedingt!

„Nun", fragte Herr Sandmann, „meldet sich keiner?" Er schaute suchend in die Runde.

Gretchen fasste allen Mut zusammen und hob die Hand. Herr Sandmann sah sie ein wenig überrascht an und Gretchen dachte, dass er ihr bestimmt so viel Mut gar nicht zugetraut hatte.

„Komm bitte zu mir und stellt dich neben mein Pult", sagte Herr Sandmann.

Gretchen rutschte seitlich aus der Holzbank heraus und ging mit zitternden Knien durch die Bankreihen nach vorn. Alle Köpfe wandten sich ihr zu, sie hielt den Augen krampfhaft gesenkt, um ja keinem Blick zu begegnen. Das sonst übliche Flüstern und Tuscheln hatte aufgehört, und als sie sich neben dem Lehrerpult zur Klasse umdrehte, starrten sie fünfzig Augenpaare neugierig an, manche mitleidig, andere überrascht, einige abschätzig. Es war noch viel schlimmer, als sie befürchtet hatte. Am liebsten wäre sie im Boden versunken. Aber da fragte Herr Sandmann schon, welches Lied sie denn vortragen wolle, und sie antwortete:

„Das Lied Nr. 179 aus dem Gesangbuch. 'Oh Haupt voll Blut und Wunden'".

Herr Sandmann lächelte und sagte anerkennend: "Da hast du dir ja etwas ganz Besonderes ausgesucht, Gretchen."

Warum sie gerade dieses Lied gewählt hatte, konnte Gretchen nicht genau sagen. Es gefiel ihr, weil es so langsam und feierlich klang und so einen traurigen Text hatte. Sie hatte es unzählige Male während der Messe in der Kirche gehört und konnte es auswendig singen, zumindest die erste Strophe.

„Nun, wir sind alle sehr gespannt", sagte Herr Sandmann, „Dann fang mal an."

Gretchen wischte ihre schweißnassen Finger an ihrer Schürze ab, versuchte, die vielen Augen, die auf sie gerichtet waren, zu vergessen, holte tief Luft und fing an zu singen:

„Oh Haupt, voll Blut und Wunden,

voll Schmerz und voller Hohn,

oh Haupt, zum Spott gebunden

mit einer Dornenkron,

oh Haupt, sonst schön gekrönet

mit höchster Ehr' und Zier,

jetzt aber frech verhöhnet:

gegrüßet seist du mir."

Als sie fertig war - sie hatte tapfer die ganze Strophe durchgehalten, hatte sogar auf das langsame Tempo geachtet und die Wörter deutlich ausgesprochen, so wie die Schüler es gelernt hatten - schaute sie Herrn Sandmann erwartungsvoll an, unendlich erleichtert, dass sie es hinter sich hatte. Wie würde sein Urteil lauten? Würde sie die Eins auf dem Zeugnis bekommen?

Er erhob sich von seinem Lehrersessel, trat zu ihr, legte ihr die Hand auf die Schulter und sagte: „Das hast du sehr gut gemacht, Gretchen", und dann wandte er sich der Klasse zu und fing an zu applaudieren. Zögernd erst, dann aber immer eifriger klatschten Gretchens Mitschüler mit und Gretchen stand da, fassungslos, mit brennenden Wangen, und wusste nicht wohin vor Verlegenheit. Noch nie in ihrem Leben hatte sie sich so glücklich gefühlt!

Der Pfarrer

Der Pfarrer öffnete die Tür seines Beichtstuhles einen Spalt, um zu sehen, wie viele Gläubige noch warteten. Fast eine ganze Bankreihe war noch besetzt. Er unterdrückte einen Seufzer, während der nächste Beichtwillige sein Kreuzzeichen schlug und die Einleitungsformeln herunterleierte. Es war eine alte Frau; ihre Stimme klang zittrig. Was kann dieses alte Weib schon gesündigt haben, dachte der Pfarrer mit wachsender Ungeduld. Die Frau zählte ihre Vergehen auf: die täglichen Gebete vernachlässigt, schlecht über die Nachbarin gesprochen, an Gott gezweifelt, wegen der ständigen Schmerzen den Namen Gottes missbraucht und so weiter. Schließlich beendete sie ihr Bekenntnis mit den Worten: „Dies sind meine Sünden, ich bereue sie von Herzen."

„Festige deinen Glauben im Gebet, liebe Schwester, dann wird der Herr deine Zweifel zerstreuen und dir helfen, deine Schmerzen in Demut zu ertragen. Denke an die Leiden unseres Herrn Jesu Christi am Kreuz, die er für unsere Sünden auf sich genommen hat. Bete zur Buße drei Vaterunser und drei Ave-Maria." Automatisch sprach er die Absolutionsformel und schlug das Kreuz in Richtung des kleinen Gitterfensters, das ihn von seinem Beichtkind trennte. Die Frau verließ den Beichtstuhl und der Nächste kniete sich nieder.

Der Pfarrer hörte kaum noch zu. Seine Gedanken schweiften ab. Ob der Neuzugang im Heim schon angekommen war? Wie alt das Kind wohl sein würde? Ein Junge oder ein Mädchen?

„Ich habe meine Frau im Zorn geschlagen, aber nur mit der flachen Hand, und nur einmal." Der Beichtende in der kleinen Kabine sprach sehr leise, der Pfarrer konnte ihn kaum verstehen.

„Was hat deinen Zorn so erregt, dass du sie geschlagen hast?"

„Sie hatte das Essen nicht rechtzeitig auf dem Tisch, und angebrannt war es auch noch."

„Du musst lernen, dich besser zu beherrschen, mein Bruder. Bete zu Gott, dass er dir mehr Kraft schenken möge, deinen Jähzorn zu beherrschen."

Immer dasselbe, dachte der Pfarrer, dieselben menschlichen Unzulänglichkeiten und Schwächen. Wie oft er das schon gehört hatte! Neid, Bosheit, Kleinlichkeit, Unbeherrschtheit, Triebhaftigkeit. Wie in einer endlosen Prozession zogen die Sünden der Menschen an jedem Beichttag an ihm vorüber. Es war so erschöpfend und frustrierend!

Wieder schweiften seine Gedanken ab. Der Junge, den er das letzte Mal besucht hatte, war sehr still gewesen. Sicher hatte ihn etwas bedrückt. Er hatte kaum reagiert auf das Geschenk, das er ihm mitgebracht hatte. Dabei hatte er sich solche Mühe gegeben, das Richtige für ihn zu finden. Die Größe hatte er schätzen müssen, aber er hatte richtig gelegen. Das Hemd war aus echter Seide gewesen, glatt und geschmeidig, wie die Haut des Jungen.

„So spreche ich dich los von deinen Sünden im Namen des Vaters, des Sohnes und des Heiligen Geistes.“

„Amen“, antwortete der Mann, der seine Frau misshandelt hatte, und verließ den Beichtstuhl.

Die Unsichtbare

Ich bin unsichtbar.

Das heißt, nicht immer. Wenn ich mich in meiner Wohnung befinde, bin ich ganz normal sichtbar. Ich kann meinen Körper sehen, wenn ich an mir herunterschaue, auch mein Spiegelbild zeigt mich genauso wie immer. Aber sobald ich meine Wohnung verlasse, werde ich unsichtbar.

Ich entdeckte es, als ich mich gestern auf den Weg ins Büro machte und die Wohnungstür abschließen wollte. Ich bin vor Schreck fast in Ohnmacht gefallen! Ich konnte meine Hand nicht sehen! Auch den Arm nicht! Mein ganzer Körper war verschwunden! Ich spürte, wie der Schlüsselbund mir aus den Fingern glitt und mit einem lauten Klirren auf dem Boden landete, wo ich ihn deutlich sehen konnte. Mein Herz raste und ich schnappte hörbar nach Luft. Ich schloss daraus, dass ich noch lebte, denn ich konnte meinen Körper deutlich spüren und hören. Aber sehen konnte ich ihn nicht!

Mir wurde schwindelig, meine Knie wurden weich und ich musste mich auf den Fliesenboden setzen. Es war unglaublich! Ich schloss die Augen und öffnete sie wieder. Tatsächlich, ich war unsichtbar! Mit zitternden Händen tastete ich mein Gesicht ab. Es fühlte sich an wie immer. Ich fuhr mit den Händen über meine Arme, den Bauch und die Beine. Deutlich konnte ich die Baumwolle meiner Bluse, den rauen Stoff meiner Jeans und die Textiloberfläche meiner Tennisschuhe fühlen. Auch das Tasten meiner Hand war überall auf meinem Körper spürbar. Ich sah die Schlüssel, die mir aus der Hand gefallen waren, und hob sie mit meiner unsichtbaren Hand auf. Schon waren sie verschwunden, obwohl ich sie deutlich fühlte.

Mühsam rappelte ich mich hoch und lehnte mich keuchend an die Wand. Beruhige dich, sagte ich zu mir, das ist bestimmt nur eine Sinnestäuschung. Irgendetwas stimmt mit deinen Augen nicht. Vielleicht eine örtlich begrenzte Blindheit. Oder eine zeitweise Ermüdung der Pupillen. Das geht sicher gleich vorbei. Ich atmete tief ein. So, jetzt schließt du die Augen und zählst bis zehn. Dann kannst du dich wieder sehen. Eins, zwei, drei, ... Als ich bei sieben angekommen war, hörte ich das Summen des Fahrstuhls. Oh Gott, da kommt jemand! Ob er mich sehen kann? Ich hielt den Atem an und blieb regungslos stehen.

Die Fahrstuhltür öffnete sich und meine Wohnungsnachbarin trat heraus. Frau Schweiger, eine nette Endsechzigerin, mit ihrem Cockerspaniel. „Komm, Susi", sagte sie zu dem Hund, „jetzt gibt es erst einmal ein gutes Fressi. Du bist so viel gelaufen, sicher hast du großen Hunger, was?" Ohne mich im Geringsten zu beachten, ging sie an mir vorbei zu ihrer Wohnungstür, schloss auf und verschwand im Inneren ihrer Wohnung. Auch der Hund nahm keinerlei Notiz von mir. Offensichtlich war ich also für die alte Frau auch unsichtbar. Und womöglich sogar für den Hund. Der mich anscheinend auch nicht gerochen hatte. Sonst hätte er bestimmt an mir herumgeschnüffelt, wie er es sonst immer tat. Was war hier nur los?

Mit zitternden Händen öffnete ich meine Wohnungstür und schlüpfte ins Innere. Plötzlich konnte ich meine Hände, die Arme, die Beine und alles andere wieder deutlich sehen. Ein Stein fiel mir vom Herzen. Gott sei Dank, dachte ich unendlich erleichtert. Es ist also nur eine vorübergehende Täuschung. Wahrscheinlich liegt es am Stress der letzten Tage. Mein Chef saß mir nämlich im Nacken wegen der Entwürfe für das Bürogebäude, die in ein paar Tagen fertig sein sollten und für die mir immer noch die entscheidende Idee fehlte. Also nur eine Stressreaktion, versuchte ich mich zu beruhigen. Alles halb so schlimm. So etwas kommt vor. Man hört ja immer wieder von den seltsamsten psychosomatischen Erscheinungen. Ich muss also nur etwas kürzertreten. Vielleicht Urlaub nehmen. Der ist sowieso längst überfällig. Ich atmete ein paar Mal tief ein und aus. Lächerlich, so etwas. Unsichtbar sein! Das gibt es doch gar nicht!

Ich sah auf meine Armbanduhr. Es wurde höchste Zeit. Ich würde noch zu spät zu dem Besprechungstermin kommen. Mein Chef hasste es, wenn seine Mitarbeiter nicht pünktlich waren. Ich öffnete die Wohnungstür und trat in den Flur. Und war verschwunden! Mit einem hektischen Sprung war ich wieder in der Wohnung. Und war wieder sichtbar! Fassungslos blieb ich vor der geöffneten Tür stehen und starrte in den Flur hinaus. Ich wollte es nicht glauben. Vorsichtig streckte ich eine Hand durch die Türöffnung. Angefangen bei den Fingerspitzen wurde sie nach und nach unsichtbar. Ich schob langsam den ganzen Arm durch die Türöffnung: er verschwand. Wie in einem Sciencefictionfilm, wenn die Helden in ein schwarzes Loch oder ein Tor zu einer anderen Welt eintauchten. Nur dass dies hier an einem ganz normalen Tag in einem ganz normalen Mietshaus passierte!

Ich schloss die Tür. Mein Herz klopfte schmerzhaft gegen die Rippen. Ruhig, du musst dich beruhigen! Denk nach! Benutze deinen Kopf! Was passiert hier? Ich versuchte die Sache logisch anzugehen. Also: Ich wurde unsichtbar, sobald ich meine Wohnung verließ. Was auch immer die Ursache für dieses seltsame Phänomen sein mochte: Ich musste der Sache auf den Grund gehen. Als Erstes nahm ich mein Handy, rief im Büro an und sagte, ich wäre akut erkrankt. In dem Zustand, in dem ich war, sobald ich vor die Tür ging, konnte ich ja wohl nicht im Büro erscheinen. Nachdem ich allen Mut zusammengerafft hatte, den ich aufbringen konnte, nahm ich meinen Schlüsselbund und verließ die Wohnung. Das Unsichtbarwerden war nun schon keine Überraschung mehr. Da Frau Schweiger mich offensichtlich nicht wahrgenommen hatte, war ich wahrscheinlich auch für andere Menschen unsichtbar. Das wollte ich überprüfen.

In der Tiefgarage, wo mein Auto stand, begegnete ich Herrn Kramer aus dem Penthouse, der gerade seinen Porsche abgestellt hatte. Er ging, ohne mich eines Blickes zu würdigen, an mir vorbei. Aber das war nichts Besonderes. Er grüßte mich auch sonst nicht. Ich ließ mit der Fernbedienung das Schloss meines Toyotas aufspringen und setzte mich auf den Fahrersitz. Automatisch warf ich einen Blick in den Rückspiegel. Wie erwartet, war ich nicht zu sehen. Wenn ich jetzt also mit dem Wagen fahren würde, sähe es aus, als führe das Auto allein. Das ging natürlich nicht. Also musste ich zu Fuß gehen. Was hätte es auch für einen Sinn gehabt, mit dem Auto in die Stadt zu fahren, um die Reaktionen der Menschen zu testen?

Ich verließ also die Garage und ging die Straße entlang. Um diese Vormittagsstunde waren zahlreiche Menschen unterwegs, die Einkäufe erledigten, zur Arbeit eilten oder anderen Beschäftigungen nachgingen. Sie beachteten mich nicht. Nun ja, das war an sich normal. Aber nicht nur, dass sie mich nicht ansahen. Wenn sie mir entgegenkamen, machten sie keinerlei Anstalten, mir auszuweichen, sodass ich häufig einen schnellen Schritt zur Seite machen musste, um nicht mit ihnen zusammenzustoßen. Ihre Blicke gingen direkt durch mich hindurch. Sie nahmen mich einfach nicht wahr. Ich fühlte mich wie ein Geist. Fast wäre es zu einer Kollision mit einer Frau gekommen, die meinen Weg abrupt kreuzte und vor einem Schaufenster stehenblieb. Dabei hatte sie meinen Arm flüchtig gestreift. Erstaunt sah sie sich nach dem Grund der Berührung um. Ich schloss daraus, dass mein Körper physisch den entsprechenden Raum einnahm und von anderen berührt werden konnte. Nur, dass er nicht gesehen wurde.

Mir kam eine andere Idee: Ob die Menschen mich hören konnten? Ich klatschte in die Hände. Überrascht drehten sich einige Passanten in meine Richtung und schüttelten verwundert den Kopf, als sie die Ursache des Geräusches nicht ausmachen konnten. Fast hätte ich gelacht, wenn das Ganze nicht so gruselig gewesen wäre.

Wieder zu Hause, googelte ich nach Psychologen und Psychiatern in meinem Stadtteil. Irgendetwas stimmte ja offensichtlich nicht mit mir, und ich nahm an, dass es etwas mit meiner Seele zu tun haben könnte.

„Hier Praxis Dr. Pschygoda. Sander am Apparat. Was kann ich für Sie tun?"

„Ja, also. Mein Name ist Christin Jankowski. Ich habe da ein Problem, bei dem ich Hilfe brauche."

„Selbstverständlich, Frau Jankowski. Ich gebe Ihnen gern einen Termin beim Herrn Doktor. Wie wäre es im August dieses Jahres?"

„Nein, das ist ja erst in drei Monaten! Ich brauche sofort Hilfe. Es ist ein akuter Notfall!"

„Ja ... Können Sie mir sagen, worum es sich handelt, Frau Jankowski? Dann kann ich den Doktor fragen, ob er Sie irgendwie dazwischenschieben kann."

„Ja, also ... Es handelt sich um eine optische Störung, denke ich."

„Aha. Könnten Sie diese Störung etwas näher schildern?"

„Hm, ja. Ich werde unsichtbar. Sobald ich die Wohnung verlasse, werde ich körperlich unsichtbar."

„Aha. Sie fühlen sich also von Ihren Mitmenschen nicht genügend wahrgenommen?"

„Nein, das ist es nicht. Ich bin tatsächlich unsichtbar. Ich kann mich selbst nicht mehr sehen. Und die anderen sehen mich auch nicht."

Eine Pause entstand. Ich hörte Frau Sander atmen. Dann wieder ihre professionelle Stimme.

„Gut, Frau Jankowski. Bleiben Sie kurz dran. Ich spreche mit dem Doktor."

Ich wartete. Hoffentlich hatte die freundliche Sprechstundenhilfe mich richtig verstanden.

„Hören Sie?“

„Ja.“

„Der Doktor kann Sie morgen Vormittag um elf Uhr dazwischenschieben für eine erste Unterredung. Seien Sie bitte pünktlich.“

„Nein, nein! Hören Sie. Der Doktor muss zu mir kommen, damit er sehen kann, wie ich unsichtbar werde, wenn ich meine Wohnung verlasse. In der Praxis kann er mich ja nicht sehen!“

Ich hörte, wie Frau Sander hörbar die Luft einsog.

„Der Doktor macht grundsätzlich keine Hausbesuche. Sie müssen schon hierherkommen, wenn er Sie behandeln soll, Frau Jankowski!“

„Aber ...“

„Wie gesagt, grundsätzlich keine Hausbesuche. Darf ich Sie also für morgen vormerken?“

Ich gab auf.

„Ja, merken Sie mich vor. Danke.“ Ich legte auf. Wie sollte ich denn in die Praxis kommen, so unsichtbar, wie ich war? Autofahren schied aus, die Benutzung eines Busses oder der Straßenbahn stellte ich mir sehr problematisch vor. Was war zum Beispiel, wenn ich irgendwo saß und ein anderer Passagier meinte, einen freien Platz vor sich zu haben und sich auf mich setzte? Ich würde ja Angst und Schrecken unter den Menschen verbreiten, wenn sie sahen, wie Türen sich öffneten und schlossen, ohne dass jemand hindurch ging. Oder wenn eine körperlose Stimme etwas sagte. Nein, ich konnte mich nicht im öffentlichen Raum bewegen.

Ich beschloss, erst einmal abzuwarten und eine Nacht darüber zu schlafen. Vielleicht war der ganze Spuk ja morgen schon wieder vorbei.

„Also, so hat es angefangen, Maik! Und nun kommst du! Schließlich bist du Naturwissenschaftler. Erklär mir, was das zu bedeuten hat."

Ich hatte schlecht geschlafen, hatte wilde Träume gehabt, in denen Alice im Wunderland, das weiße Kaninchen und die Herzkönigin vorkamen und war immer wieder schweißgebadet aufgewacht. Am frühen Morgen stand ich auf, lief im Schlafanzug zur Wohnungstür und öffnete sie. Einen Moment zögerte ich, dann machte ich einen Schritt in den Flur - und war nicht mehr zu sehen. Sie war also nicht verschwunden, die Unsichtbarkeit. Und ich hatte es so gehofft!

Maik saß mir gegenüber auf dem Sofa und starrte mich an, als sähe er mich zum ersten Mal. Ich musste am Telefon wohl so panisch geklungen haben, dass er sich sofort auf den Weg zu mir gemacht hatte, obwohl er eigentlich gar keine Zeit hatte wegen seiner Physik-Doktorarbeit.

Maik ist mein Freund. Früher hatten wir mal was miteinander, aber das ist lange vorbei. Jetzt ist er mit einer netten Kommilitonin liiert, Carina, ebenfalls Physikerin. Die beiden sind ein Herz und eine Seele. Nerds eben. Trotzdem sind wir gute Freunde geblieben, Maik und ich. Erst vorgestern Abend hatte ich mit den beiden ein Bier in unserer Stammkneipe getrunken. Komisch, mir war dann plötzlich schlecht geworden. Carina sagte, ich wäre auf dem Klo ein paar Sekunden fast weggetreten. Na ja, ich hatte den ganzen Tag noch nichts Richtiges gegessen. Kein Wunder, dass man dann fast aus den Latschen kippt. So etwas kann jedem mal passieren.

Aber nicht so etwas wie das hier.

Als ich Maik vorführte, was geschah, wenn ich die Wohnung verließ, schnappte er nach Luft. Dann lachte er und sagte: „Der Trick ist wirklich gut, Christin, damit kannst du Millionen verdienen." Ich musste ihm alles ganz genau schildern, bis er einsah, dass das Ganze wirklich kein Zaubertrick war. Immer wieder musste ich durch die Tür gehen, damit er sehen konnte, wie ich verschwand und wieder sichtbar wurde. Dann tastete er im Flur meinen unsichtbaren Körper ab, gab mir Sachen in die Hand, um zu sehen, wie sie verschwanden und wieder zum Vorschein kamen, wenn ich sie fallen ließ. Er bat mich, bis Zwanzig zu zählen und dabei durch den Flur zu gehen, um zu überprüfen, ob er meinen Standort durch meine Stimme orten konnte. Jetzt saß er da und starrte mich an, als wäre mir ein Horn aus der Stirn gewachsen.

„Das gibt es nicht. Es muss eine Erklärung dafür geben. Ich werde mit meinen Kollegen darüber sprechen. Wir müssen Experimente machen. Womöglich hat es etwas mit optischen Strahlungen zu tun. Diese Unsichtbarkeit scheint ja nur deinen Körper und das, was du an dir hast, zu betreffen. Dabei bist du durchsichtig. Das heißt, das Licht geht ungehindert durch dich hindurch. Völlig unerklärlich, denn dein Körper ist ja noch da. Man kann ihn fühlen. Du nimmst immer noch Raum ein. Und du kannst andere Dinge an dich nehmen. Die dann aber auch unsichtbar werden." Er schüttelte den Kopf. „Mensch, Christin, du bist eine wissenschaftliche Sensation!"

„Meinst du, du kannst irgendetwas dagegen tun? Ich hab' nämlich keine Lust, noch länger in diesem Zustand herumzulaufen."

Maik musterte mich, wie man ein Insekt unter dem Mikroskop betrachtet. Mit einem freudigen Ausdruck, als hätte er ein neues Element entdeckt.

„Keine Ahnung. Zuerst müssen wir herausfinden, was die Ursache für dieses Phänomen ist, danach können wir uns daran machen, es eventuell wieder rückgängig zu machen."

„Also, was sollen wir jetzt tun?"

„Am besten kommst du gleich mit ins Institut, damit meine Kollegen und Professor Hengstenberg dich in Augenschein nehmen können." Er schlug sich gegen die Stirn. „Das ist natürlich Quatsch, sie können dich ja nicht sehen!" Er musste selbst über seine Dummheit lachen. „Nein, das geht also nicht. Sie müssen hierherkommen, damit sie sehen, wie du unsichtbar wirst, wenn du durch die Tür gehst. Ich werde gleich mal telefonieren." Er sprang auf und nahm sein Handy aus der Hosentasche.

„Halt, einen Moment, Maik, warte!" Ich trat zu ihm und nahm ihn am Arm.

„Warte mal. Ich weiß gar nicht, ob ich das will. Experimente. Untersuchungen. Wer weiß, was da auf mich zukommt." Ich sah mich schon wie ein Laborkaninchen mit Elektroden im Kopf auf einem Untersuchungsstuhl sitzen mit Dutzenden von weiß gekleideten Wissenschaftlern um mich herum.

„Vielleicht ist es ja nur ein Stressymptom. Etwas Psychologisches. Ich habe schon einen Termin bei einem Psychologen. Du könntest mich ja begleiten, damit ich als Unsichtbare kein Aufsehen errege." Plötzlich musste ich lachen. „Wie in dem Film 'Mein Freund Harvey' mit James Steward. Mit dem unsichtbaren weißen Hasen! Den James Steward sich einbildet." Maik sah mich verständnislos an. Anscheinend kannte er den Film nicht. „Ist auch egal. Ich brauche sicher nur etwas Erholung, dann vergeht es vielleicht von allein wieder."

Maik legte mir den Arm um die Schultern. „Du brauchst keine Angst zu haben. Ich sorge dafür, dass dir nichts geschieht. Aber du siehst doch ein, dass wir die Sache untersuchen müssen? Du bist eine physikalische Sensation. So etwas wurde noch nie beobachtet." Er sah mir eindringlich in die Augen. Seine eigenen glitzerten voller Tatendrang und Entdeckerfreude hinter seiner runden Nerd-Brille. „Du kannst es sowieso nicht geheim halten", sagte er. „Stell dir vor, wenn die Presse davon Wind bekommt. Dann ist es schon besser, du stehst unter dem Schutz von uns Wissenschaftlern. Vielleicht können wir dir ja auch aus diesem Zustand heraushelfen." Er strich über sein Smartphone und berührte die Eingabetaste. „Keine Sorge, Schatz, überlass' nur alles mir."

Was jetzt kam, glich einer Invasion. Männer und Frauen in weißen Schutzanzügen unter der Leitung des Physikprofessors Dr. Hengstenberg, Maiks und Carinas Doktorvater, okkupierten meine kleine Zweizimmerwohnung und verteilten überall Messinstrumente und Kameras. Die Räume einschließlich des Flurs wurden vermessen und kartografiert, die Luft wurde gefiltert und untersucht, die Möbel mit Chemikalien bestäubt und auf irgendwelche Spuren von Bakterien oder Fremdstoffen hin analysiert. Ich wurde von Kopf bis Fuß vermessen, gewogen und von allen Seiten fotografiert, meine Gehirnströme wurde aufgezeichnet, im sichtbaren und unsichtbaren Zustand. Eine Kamera wurde an meiner Stirn befestigt, die aufnehmen sollte, was ich während eines Testrundganges durch die Stadt wahrnahm. Die gesammelten Daten wurden in den Computer eingegeben, per Tastendruck an das physikalische Institut geschickt und von weiteren Fachleuten ausgewertet.

Es herrschte eine erregte Goldgräberstimmung unter den Wissenschaftlern. Ich wurde behandelt wie ein rohes Ei, und manch ehrfürchtiger Blick traf mich aus leuchtenden Forscheraugen.

Es war weit nach Mitternacht, als endlich der letzte der Wissenschaftler gegangen war. Gleich in aller Frühe am nächsten Morgen sollten die Untersuchungen fortgesetzt werden. Todmüde fiel ich ins Bett und schlief sofort ein.

Am nächsten Morgen erwachte ich erstaunlich ausgeruht und munter. Ich zog die Vorhänge von meinem Schlafzimmerfenster zurück und öffnete es. Ein herrlicher Frühsommertag begrüßte mich. Gutgelaunt machte ich mich daran, mein Frühstück vorzubereiten. Während der Kaffee durchlief und einen angenehmen Duft verbreitete, ging ich zur Wohnungstür, um zu sehen, ob meine Unsichtbarkeit nicht vielleicht über Nacht verschwunden war. Ich öffnete die Tür - und prallte zurück! Der Flur war verschwunden! Ich sah nichts als undurchdringliche Schwärze! Als hätte die Welt vor meiner Wohnungstür aufgehört zu existieren! Ich schlug die Tür zu und verriegelte sie. Das durfte doch nicht wahr sein! Ich ging in die Knie, buchstäblich. Mein Herz raste.

Ich musste mich getäuscht haben. Aber nein. Als ich die Tür vorsichtig einen Spalt öffnete, sah ich wieder nur Schwärze. Ein fast greifbares, dichtes schwarzes Nichts. Ich ließ meine Hand zögernd über die Türschwelle hinausgleiten. Sie verschwand, aber ich konnte die Fliesen des Flurbodens fühlen. Also war der Flur noch da, ich konnte ihn nur nicht sehen. Ich lief wieder zum Fenster, das ich geöffnet hatte. Gott sei Dank, die Welt draußen war noch da, ich konnte sie wie vorhin deutlich sehen.

Außer Atem ließ ich mich in einen Sessel fallen. Was war nur los mit mir? Wurde ich nach und nach blind? Oder wurde die ganze Welt unsichtbar? Mir fiel ein, was ich einmal über den Konstruktivismus in der Philosophie gelesen hatte. Dass die ganze bunte Außenwelt, wie wir sie wahrnehmen, nur ein Konstrukt unseres Gehirns ist. Und dass die 'wirkliche Welt' von uns gar nicht objektiv wahrgenommen werden kann, weil unser Gehirn unsere Sinneseindrücke zu einer eigenen Erlebniswelt zusammensetzt. Konnte es sein, dass dieser Mechanismus bei mir nicht mehr richtig funktionierte? Aber dann müsste ich doch für die anderen Menschen trotzdem noch zu sehen sein! Langsam bekam ich es wirklich mit der Angst zu tun. Ich fühlte, wie in mir ein Gefühl von Panik aufstieg.

Da klingelte es an der Tür. Ich atmete ein paar Mal tief ein und aus, um mich zu beruhigen, und öffnete. Aus der Schwärze traten Maik und die anderen Physiker in meine

Wohnung und materialisierten sich vor meinen Augen. Ich versuchte krampfhaft, zu verstehen, was sich da abspielte. Anscheinend war die Welt für die anderen ganz normal sichtbar, nur für mich nicht. War ich dabei, verrückt zu werden? Ich versuchte, den Wissenschaftlern zu erklären, wie ich den Flur wahrnahm. Sie sahen sich gegenseitig ratlos an. Offenbar stellte dieses neue Phänomen sie vor noch größere Rätsel als das Unsichtbarsein. Maik besprach sich mit seinem Professor.

„Hast du schon ausprobiert, was passiert, wenn du in den Flur gehst?", wandte er sich danach an mich.

„Nein, hab ich nicht. Und werde ich auch nicht! Womöglich finde ich aus diesem schwarzen Nichts nie wieder heraus."

Er muss in meinen Augen wohl das Entsetzen gesehen haben, dass ich bei dieser Vorstellung empfand, denn er legte tröstend die Arme um mich.

Natürlich ließ ich mich später am Tag doch überreden, das Experiment zu wagen und in den Flur hinauszugehen. Ich wurde angeleint, damit man mich jederzeit wieder in die Wohnung zurückziehen konnte, und mit einer hochempfindlichen Kamera ausgerüstet. Maik erklärte mir, dass ich für die anderen zwar nicht sichtbar sei, wohl aber der Flur, und dass sie mich auf jeden Fall nach fünf Minuten wieder in die Wohnung zurückziehen würden. Und ich solle die ganze Zeit zählen oder schildern, was ich erlebte.

Mit klopfenden Herzen schob ich zögernd meinen Fuß auf den Boden des Flurs hinaus. Wie erwartet, wurde er unsichtbar. Aber ich konnte die Fliesen unter meinen Sohlen deutlich fühlen. Ich holte tief Luft und trat hinaus in den

Flur. Tiefe Dunkelheit umgab mich. Ich streckte die Hände aus und tastete mich an der Wand entlang. Schritt für Schritt. Ich fing an zu zählen: Eins, zwei, drei, ... Die Kamera surrte. Da, die Tür zur Wohnung von Frau Schweiger. Langsam ging ich weiter. Jetzt um die Ecke. Vorsichtig, der Blumenständer! Die Blätter der Pflanze fühlten sich kühl und glatt an. Wieder eine Ecke. Zwölf, dreizehn, vierzehn, ... Jetzt die Fahrstuhltür. Danach die Tür zum Treppenhaus. Dann nur noch Wand. Nichts als Schwärze um mich herum. Ich hörte nichts. Nur meine eigene Stimme. Achtzehn, neunzehn, zwanzig, ... Jetzt musste die letzte Ecke kommen. Gleich war ich wieder an meiner Wohnungstür. Gott sei Dank! Ich schlüpfte durch die Tür und war wieder im Innern meiner Wohnung. Wieder sichtbar. Erleichtert schaute ich an mir herunter. Maik nahm mir die Kamera ab und schloss sie an den Computer an, um zu sehen, was sie aufgenommen hatte. Nichts. Nur Schwärze erschien auf dem Bildschirm. Meine Stimme jedoch war deutlich zu hören.

Wieder entstand eifriges Palaver darüber, wie diese neuen Beobachtungen zu deuten seien. Wieder wurden meine Augen, mein Gehör und meine Stimme untersucht.

Ich fühlte mich müde, aber gleichzeitig angespannt und voller Angst, die ich mühsam zu unterdrücken versuchte. Ich gab es auf, verstehen zu wollen, was mit mir geschah. Am Abend, als alle endlich meine Wohnung verlassen hatten, nahm ich zwei Schlaftabletten und ließ mich in einen bleiernen Schlaf gleiten.

Ich wachte auf. Mein Kopf fühlte sich an, als sei er mit Watte gefüllt. Das Denken fiel mir schwer. Im gleichen Maße, wie mir bewusst wurde, was in den letzten Tagen geschehen war, wuchs die Panik in mir.

Ich schlug die Augen auf. Es war dunkel. War es noch Nacht? Ich richtete mich auf. Nein, das war keine gewöhnliche Dunkelheit. Das war die Schwärze vom Flur! Mein Herz fing an zu hämmern. Ich konnte es nicht fassen. Um mich herum war alles schwarz! Und still. Unglaublich still! Ich hörte nur noch meinen keuchenden Atem. Ich tastete meinen Körper ab: Er war ganz normal zu fühlen. Ich konnte nichts mehr sehen und nichts mehr hören, außer meinen Körper. Aber immerhin den nahm ich noch wahr. Ob ich meine Stimme hören konnte? Es kostete mich ungeheure Überwindung, laut in die undurchdringliche Schwärze hineinzusprechen. „Eins, zwei, drei", zählte ich. Ich hörte meine Stimme nur im Innern meines Körpers, ähnlich so, wie man sich hört, wenn man spricht und sich dabei die Ohren zuhält.

Ob ich aufstehen konnte? Ich schlug die Bettdecke zurück und schwang die Beine aus dem Bett. Sie berührten den Boden nicht! Konnte ich den Boden des Schlafzimmers nicht mehr fühlen? Oder war er nicht mehr da? Erschrocken kroch ich wieder zurück unter die Bettdecke. Namenloses Entsetzten überflutete mein Gehirn. Ich konnte nicht mehr denken. War das der Tod? War ich schon gestorben? Ich kauerte mich wie ein Embryo zusammen und zog die weiche Decke über mich. Ich fühlte, wie mein Körper langsam empfindungslos wurde. Meine Gedanken verwirrten sich. Das Panikgefühl verflog. Eine große Ruhe überkam mich. Dann nichts mehr.

Maik und Carina sahen sich an. „Meinst du nicht, dass wir zu weit gegangen sind, Maik? Was, wenn Christin sich nicht mehr richtig erholt?"

„Das wird sie schon, keine Sorge. In ein paar Wochen wird sie wieder ganz die Alte sein. Und sich an nichts mehr erinnern."

„Es war ganz schön hart für sie. Besonders der letzte Teil. Sie hat mir schrecklich leidgetan, als sie so zusammengekauert in ihrem Bett lag, die Arme."

Professor Hengstenberg mischte sich ein. „Es war unabdingbar, die Geräte auch auf ihre extremen Auswirkungen hin zu testen. Bei den Tierversuchen haben wir ja gesehen, dass sich die Tiere nach relativ kurzer Zeit wieder von den Strapazen erholten. Und das wird auch bei Christin so sein. Keine Sorge."

„Ich weiß." Carina war dabei, die winzigen Mikrochips, die sie auf der Kopfhaut unter den Haaren von Christin angebracht hatte, während diese auf der Toilette des Bierlokals für ein paar Minuten ohne Bewusstsein gewesen war, wieder abzulösen. Das Betäubungsmittel in ihrem Bier hatte exakt gewirkt und war völlig unschädlich gewesen. „Die subjektiven Beschreibungen von der Wirkung der Ultrawellen, die Ihre Freundin uns geliefert hat, sind von unschätzbarem Wert. So können wir den Einsatz der Chips präzise einschätzen und abgrenzen." Der Professor zeigte einen für sein eher zurückhaltendes Temperament ungewöhnlichen Enthusiasmus. „Alles ist genauestens erfasst und dokumentiert. Auch die lokalen Begrenzungen des Phänomens können wir nun auf den Zentimeter genau angeben."

Maik, der gerade die letzten Mikrochips, die er in der Wohnung und auf dem Flur verteilt hatte, einsammelte, konnte seiner Begeisterung kaum Herr werden. „Die Chips werden uns Millionen einbringen. Stellt euch nur mal die Einsatzmöglichkeiten vor! Nicht größer als eine Sommersprosse auf der Haut! Die legendäre Tarnkappe war nichts dagegen. Ganz abgesehen von den anderen Effekten! Wir kommen ganz groß raus, mein Schatz!" Maik nahm Carina um die Taille und wirbelte sie ein paar Mal rund herum. Fast wäre ihm die Nerd-Brille von der Nase geflogen.

Als die Physiker das Haus verließen, sah Christins Wohnung aus wie immer. Sie selbst lag im Bett und schlief. Bald würde sie aufwachen, auf die Uhr schauen und sich darüber wundern, wie lange sie geschlafen hatte. Maik würde ihr die drei Tage, an die sie sich nicht erinnern konnte, mit einem Sturz an dem Kneipenabend erklären, bei dem sie sich den Kopf an der Bordsteinkante gestoßen hatte. Er würde ihr sagen, Carina und er hätten sie die ganze Zeit über betreut und gepflegt, weil sie sich in ihrem halbwachen Zustand geweigert hätte, ins Krankenhaus zu gehen. Alles war genau bedacht worden.

Die drei Wissenschaftler waren in einer geradezu euphorischen Stimmung, als sie das Gebäude verließen und zum Physikalischen Institut fuhren. Den großen schwarzen Transporter mit dem ausländischen Kennzeichen, der ihnen folgte, bemerkten sie nicht.

Besuch aus Japan

Es regnete, als die Boing 747 der Japan Airlines auf dem Airport Hamburg landete. Aya blickte aus dem kleinen viereckigen Fenster der Kabine. Sie konnte die hell erleuchtete, nass glänzende Landebahn erkennen und dahinter die Lichter der Stadt. Aus dem Lautsprecher war die Stimme des Piloten zu hören: Die Landung sei pünktlich um 22:20 Uhr Ortszeit erfolgt, die Außentemperatur sei nach einem heftigen Sommergewitter auf angenehme 19 Grad Celsius gesunken, er wünsche den Passagieren einen angenehmen Aufenthalt in Hamburg.

Aya atmete auf. Endlich war sie da, in Hamburg, bei Ben. Als das Zeichen „Bitte anschnallen" erlosch, löste Aya ihren Gurt und stand auf, um ihren Rucksack aus der Gepäckablage zu nehmen. Sie fühlte sich erschöpft. Die Reise von Tokio hierher hatte fast 19 Stunden gedauert, den vierstündigen Zwischenstopp in Paris mitgerechnet. Ungeduldig reihte sie sich in die Schlange der Passagiere ein, die dem Ausgang zustrebten. Sie hatte es eilig, aus dem Flugzeug herauszukommen, um endlich mit Ben telefonieren zu können. Zügig kam sie durch die Pass- und Zollkontrolle und ging zum Gepäcklaufband, um auf ihren Koffer zu warten. Sie nahm ihr Handy aus ihrer Hosentasche. Gott sei Dank hatte sie nicht vergessen, es während des Aufenthaltes in Paris aufzuladen. Sie spürte, wie ihr Herz klopfte, als sie

Bens Nummer, die sie auswendig kannte, eintippte. Nach dem zweiten Klingeln hob Ben ab und begrüßte sie fröhlich:

„Hallo Aya! Schön dich zu hören!"

Erleichtert, ihn sofort zu erreichen, atmete Aya tief durch und versuchte ihrer Stimme einen unbeschwerten Klang zu geben.

„Hallo Ben! Überraschung! Ich bin hier am Flughafen in Hamburg. Kannst du mich abholen?"

Konsterniertes Schweigen am Ende der Leitung.

„Was, du bist hier? Hier in Deutschland?"

„Ja, ich konnte es einfach nicht mehr aushalten ohne dich", versuchte Aya zu scherzen. „Da habe ich mich einfach ins Flugzeug gesetzt und bin hierher geflogen." In Wahrheit war ihr ganz und gar nicht nach Scherzen zumute.

„Das ist ja toll", sagte Ben. Er schien sich schnell gefangen zu haben, seine Stimme klang fröhlich und aufgeregt.

„Kannst du mich abholen", wiederholte Aya. Sie hatte keine Ahnung, wie sie sonst zu ihm kommen konnte.

„Warte einen Moment, ich frage meine Mom, ob ich ihr Auto haben kann, dann bin ich in einer halben Stunde bei dir."

Aya hörte im Hintergrund Stimmengemurmel, dann wieder Ben: „ Da bin ich wieder, Aya. Ich bin gleich bei dir."

Das Laufband für die Koffer war immer noch leer. Aya fand eine Toilette und ging hinein, um sich etwas frisch zu machen. Sie prüfte ihr Aussehen. Konnte sie sich so überhaupt vor Ben und seinen Eltern sehen lassen? Ihr Gesicht im Spiegel wirkte blass und müde, die Augenlider waren gerötet vom fehlenden Schlaf. Fast den ganzen Flug über war ihr schlecht gewesen, einmal hatte sie sich sogar übergeben müssen. Sie wusste, während der ersten Schwangerschaftsmonate war Übelkeit durchaus normal. Die Haare wirkten glanzlos, ihre weißen Jeans sahen schmuddelig aus und das rosafarbene T-Shirt wies Schweißflecken auf. Ben hatte sich immer lustig gemacht über ihre Vorliebe für die Farbe Rosa. „Meine kleine Kirschblüte", hatte er sie genannt. Aya spürte, wie ihr die Tränen kamen. Jetzt nur nicht weinen, rief sie sich zur Ordnung. Sie spritzte sich etwas kaltes Wasser ins Gesicht, puderte ihre Nase und kämmte die glatten schwarzen Haare. Würde Ben sie immer noch hübsch finden, jetzt, wo er sie direkt mit den deutschen Mädchen vergleichen konnte? In Yokohama, wo sie sich an der Deutschen Schule kennengelernt hatten, hatte er ihr oft gesagt, dass er gerade ihr asiatisches Aussehen so sehr mochte, ihre dunklen Mandelaugen, ihre kleine Stupsnase und ihr rundes Gesicht. Er hatte es geliebt, wenn sie ihren Kimono getragen hatte; sie erinnere ihn dann an die berühmten Geishas, hatte er gescherzt. Aber hier in Deutschland, wo alle Mädchen groß und langbeinig waren und diese wunderschönen langen blonden Haare hatten, würde er sie noch mögen? Ayas Herz fing an zu klopfen bei dem Gedanken an das Wiedersehen mit ihm. Wie würde er reagieren, wenn er erfuhr, dass sie ein Kind von ihm erwartete?

Sie entdeckte Ben sofort, als er mit großen Schritten durch die Tür zur Wartehalle stürmte. Seine Locken kringelten sich um seine Stirn, er war wohl durch den Regen gelaufen. Sein Gesicht strahlte, als er sie entdeckte, und sie flog in seine ausgebreiteten Arme. Einen Moment lang vergaß sie alles um sich herum und genoss das Gefühl, wieder bei ihm zu sein. Er hob sie lachend hoch und schwenkte sie im Kreis herum, ohne sich um die Blicke der Leute zu kümmern. Dann fragte er nach Ayas Gepäck, das inzwischen auf dem Laufband angekommen war.

„Das darf doch nicht wahr sein", spottete er, als ihren Koffer aufnahm, „hast du im Ernst einen pinken Koffer?"

Doch Aya wollte keine Diskussion über Geschmacksfragen, sie hing nur glücklich an seinem Arm, als sie zum Parkplatz gingen. Der Regen hatte aufgehört, die Luft war frisch und kühl. Ben verstaute ihr Gepäck im Kofferraum des roten Toyota Yaris, den er sich von seiner Mutter geborgt hatte.

„Ich wusste gar nicht, dass du schon fahren darfst", sagte Aya. Erst jetzt fiel ihr auf, dass sie sich gar nicht gefragt hatte, ob er denn überhaupt die Möglichkeit hätte, sie vom Flughafen abzuholen. Stolz erklärte ihr Ben, dass er seit zwei Wochen 18 Jahre alt sei und Besitzer eines Führerscheins.

Die Fahrt über die Niendorfer Straße, auf der um diese Zeit nur noch wenig Verkehr herrschte, führte sie nordwärts aus Hamburg heraus. Die Lichter der großen Stadt erhellten mit ihrem Widerschein den Himmel. Bens Familie lebte in Norderstedt, wusste Aya, einer Stadt mit 75 000 Einwohnern, der fünftgrößten Stadt im Bundesland Schleswig-Holstein, wie Ben ihr nicht ohne Stolz erklärte hatte, damals, in Yokohama, als sie sich das erste Mal zu einem Date getroffen hatten.

Jetzt saß er neben ihr, steuerte selbstbewusst das Auto, bombardierte sie mit Fragen und ließ ihr kaum Zeit darauf zu reagieren. Es sei aus allen Wolken gefallen bei ihrem Anruf, sagte Ben, ob sie denn die ganzen Ferien hier verbringen dürfe, wie es ihren Eltern ginge, wie die Reise verlaufen sei. Bevor Aya alle Fragen erschöpfend beantworten konnte, waren sie schon in der Königsberger Straße in Norderstedt vor Bens Elternhaus angekommen.

Bens Eltern hatten es sich vor dem Fernseher gemütlich gemacht und sahen sich eine Late-Night-Show an. Erstaunt blickten sie auf, als Ben mit Aya an der Hand den Raum betrat. Unbekümmert trat er auf seine Eltern zu und zog Aya mit.

„Mom, Dad, das ist Aya", sagte er, „Aya ist gerade aus Japan angekommen. Wir beide sind zusammen."

Aya sah, wie es dem Mann und der Frau die Sprache verschlug. Die Frau starrte sie entsetzt an, der Mann erhob sich langsam. Hatte Ben etwa gar nichts von ihr erzählt? Ihr fiel auf, wie ähnlich Ben seiner Mutter war. Zwar hatte sie hellbraunes und nicht blondes Haar wie Ben, aber es zeigte die gleichen Locken, und auch ihre Augen hatten die gleiche grünblaue Farbe wie die Bens. Aya wusste von Ben, dass seine Mutter Lehrerin war und eine Grundschule in der Nähe leitete. Aya fand sie sympathisch. Jetzt jedoch wirkte Bens Mutter geradezu schockiert. Bens Vater dagegen, Aya schätzte ihn auf Mitte Vierzig, wirkte kühl und beherrscht. Er hatte graumeliertes, blondes Haar, markante Gesichtszüge und eine schlanke, athletische Figur, die der Bens ähnelte. Er kam auf Aya zu, streckte die Hand aus und sagte:

„Na, dann wollen wir unseren überraschenden Gast mal begrüßen".

Aya ergriff seine Hand, lächelte und sagte höflich:

„Guten Abend, Herr Heimfeld. Ich bin Aya Kamamoto. Ich kenne Ben aus Yokohama, wir sind dort zusammen zur Schule gegangen."

Herr Heimfeld bat sie Platz zu nehmen und bedeutete seinem Sohn, ihm in den Nebenraum, Aya vermutete, dass es die Küche war, zu folgen.

Bens Mutter nahm die auf dem Couchtisch liegende Fernbedienung und stellte den immer noch laufenden Fernseher aus. Sie räusperte sich, lächelte Aya an und fragte, ob sie etwas zu trinken möchte. Aus der Küche waren plötzlich laute Stimmen zu hören. Bens Mutter stand auf, entschuldigte sich und ging ebenfalls in die Küche. Der Streit zwischen Ben und seinem Vater wurde immer heftiger, besonders Bens Stimme bekam einen aufgebrachten, zornigen Klang. Aya horchte ängstlich. Sicher waren Bens Eltern nicht gerade begeistert davon, plötzlich eine japanische Freundin präsentiert zu bekommen. Vielleicht waren sie nicht einverstanden mit einer solchen Verbindung. Ihre eigenen Eltern hatten ihre Freundschaft mit Ben auch nicht gerne gesehen, ihn aber als Schulkameraden akzeptiert, da an der Deutschen Schule des Goethe-Instituts vorwiegend deutsche Kinder unterrichtet wurden. Ayas Eltern hatten sie auf diese Schule geschickt, weil sie dort mehrere Sprachen lernen konnte. Sie wollte später Dolmetscherin oder Fremdsprachenkorrespondentin werden. Bekümmert dachte Aya daran, dass auch ihre Eltern keine Ahnung davon hatten, dass sie und Ben sich liebten und für immer zusammen bleiben wollten.

Nervös rutschte sie auf ihrem Sessel hin und her. Der Streit nebenan schien zu eskalieren. Plötzlich ging die Tür auf, Ben stürmte mit hochrotem wütenden Gesicht ins Zimmer, packte sie am Arm und zerrte sie mit sich durch den Hausflur aus dem Haus. Laut schlug er die Tür hinter sich zu.

Sie standen auf der Straße. Der pinkfarbene Koffer stand vergessen vor der Haustür, ihren Rucksack trug Aya bei sich. Ben nahm sie in die Arme und drückte sie fest an sich. Sie spürte, wie sein Herz klopfte. Dann sah er ihr ins Gesicht.

„Sie erlauben nicht, dass du bei uns schläfst", sagte er, „schon gar nicht bei mir in meinem Zimmer. Sie wollen, dass ich dich in ein Hotel bringe."

Erbost schüttelte es den Kopf.

„Ich hätte meine Eltern nicht für so borniert und altmodisch gehalten. Als sie erfuhren, dass du erst sechzehn bist, meinten sie, das dürften sie nicht erlauben. Wir seien viel zu jung für eine feste Beziehung."

Aya sah ihn an. Wie aufgeregt er war! Und dabei wusste er ja noch gar nicht das Schlimmste. Sie wagte nicht, ihm zu sagen, dass sie schwanger war. Nicht hier, mitten in der Nacht, auf der Straße.

„Was sollen wir denn jetzt nur tun?" fragte sie zaghaft. Ein Hotel war sicher sehr teuer, und sie hatte von den 1000 Euro, die sie für ihr Erspartes eingewechselt hatte, schon fast 800 Euro für den Flug ausgegeben.

„Wir gehen zu Mike", sagte Ben nach kurzem Überlegen, „Mike Jansen. Mike ist mein Freund. Wir spielen zusammen Fußball. Er wohnt nicht weit von hier. Komm!" Er nahm den Koffer, ergriff Anjas Hand und marschierte zielstrebig die Königsberger Straße hinunter.

„Das ist ja ein schöner Schlamassel", sagte Mike. Er trug nur einen Bademantel über seinen Shorts und saß auf der Kante seines Bettes. Schlaftrunken war er an die Tür gekommen, als Ben klingelte. Es war schon nach zwölf Uhr nachts und er hatte bereits geschlafen. Mikes Eltern hatten nur kurz gefragt, wer da sei, und sich dann wieder zurückgezogen. Aya hatte sich in den einzigen Sessel gesetzt, den es in dem unaufgeräumten Jugendzimmer gab, Ben ging unruhig hin und her. Er hatte die Situation geschildert, und Mike hatte Ben voll beigepflichtet, was seine Empörung über die Haltung seiner Eltern anging.

Ayas Handy vibrierte. Sie warf einen Blick auf das Display: Ihre Eltern fragten, wo sie denn bliebe, sie warteten mit dem Frühstück auf sie. Erschrocken wurde ihr bewusst, dass es ja schon Sonntagmorgen war in Yokohama. Was sollte sie antworten? Sie fühlte, wie ihr die Tränen kamen, und ohne es zu wollen, fing sie an zu weinen. Erstaunt sahen die beiden Jungen sie an. Ben setzte sich auf die Sessellehne und nahm sie fürsorglich in die Arme.

„So schlimm ist das alles nun auch wieder nicht", versuchte er sie zu trösten.

„Doch", sagte sie, und dann, stockend und immer wieder von heftigem Schluchzen unterbrochen, schilderte sie, was sie durchgemacht hatte: Wie sie in Panik geraten war, als ihre Frauenärztin ihr gesagt hatte, dass sie schwanger sei, wie sie ihr Erspartes genommen hatte und im Internet den nächsten Flug nach Hamburg gebucht hatte, wie sie in den Zug nach Tokio gestiegen war, den schrecklich langen Flug nach Deutschland hinter sich gebracht hatte, und jetzt sei sie hier und Bens Eltern wollten sie nicht bei sich haben, und ihre Eltern, denen sie gesagt hatte, sie würde bei einer Freundin übernachten, fragten jetzt an, wann sie zum Frühstück käme, denn in Yokohama sei schon Sonntagmorgen. Ben war bei ihrer Erzählung ganz blass geworden, hielt sie aber nach wie vor im Arm und streichelte unablässig ihren Rücken. Mike reichte ihr ein Tempotaschentuch und wiederholte:

„Was für ein grandioser Schlamassel"!

Aya konnte nicht aufhören zu weinen. Sie merkte, wie sich ihre innere Anspannung langsam löste. Endlich war sie die große Last, die sie die ganze Zeit mit sich herumgetragen hatte, losgeworden. Ben war bei ihr. Er würde sie nicht im Stich lassen.

„Und was jetzt?", fragte Mike.

Ben richtete sich auf. Er hatte wieder etwas Farbe im Gesicht. Er nahm Aya ihr pinkfarbenes Handy aus der Hand.

„Zuerst musst du mal deine Eltern beruhigen", sagte er, „sonst melden sie dich noch als vermisst und schicken die Polizei los."

„Was soll ich denn schreiben?", fragte Aya.

„Fürs Erste genügt es, wenn du ihnen schreibst, dass du in Deutschland bist, bei mir, dass es dir gut geht und dass du dich bald melden wirst."

Während Aya die SMS in ihr Smartphone tippte, hörten sie, wie jemand die Haustür aufschloss.

„Das ist Susanne", sagte Mike, „meine Schwester", fügte er erklärend an Aya gerichtet hinzu. „Die kommt jetzt gerade richtig".

Er ging hinaus und kehrte mit einer hübschen jungen Frau zurück. Aya war verblüfft über die Ähnlichkeit der

Geschwister: Das gleiche rotblonde, kräftig gewellte Haar, die gleichen grünen Augen und beide hatten das Gesicht voller Sommersprossen. Susanne war aber bedeutend älter als ihr Bruder und sah aus, als käme sie gerade von einer Party.

„Was ist denn hier los", fragte sie und sah die drei erstaunt an. Mike erklärte ihr in knappen Worten, was geschehen war.

„Also wirklich", sagte Susanne, „das ist ja eine ganz schön verfahrene Situation".

Sie schaute Aya an, die sich hilflos die immer noch fließenden Tränen abwischte.

„So, jetzt ist aber erst einmal Schluss", sagte sie dann resolut. „Du musst ja todmüde sein, Aya. Du schläfst heute Nacht bei mir. Ben, du kannst auf der Luftmatratze in Mikes Zimmer schlafen. Morgen sehen wir weiter."

Sie nahm Aya sanft beim Arm, zog sie vom Sessel hoch und ergriff ihren Koffer. Aya sah Ben fragend an, er nickte ihr aufmunternd zu, und sie ließ sich von Susanne aus dem Zimmer führen. Sie war erleichtert. Zumindest war sie jetzt nicht mehr allein mit ihrem Kummer.

Aya saß am Frühstückstisch in dem gemütlichen Wohnzimmer der Familie Jansen und schaute in die Runde. Neben ihr saß Ben. Er sah blass und müde aus und wirkte nicht so fröhlich, wie sie ihn sonst kannte. Die Nachricht, dass sie schwanger war, musste auch für ihn ein Schock gewesen sein. Sicher hatte er auf der Luftmatratze heute Nacht kein Auge zugetan. Er tat ihr so leid, trotzdem war sie froh, dass er es nun wusste. Sie lächelte ihm zu und drückte unter dem

Tisch seine Hand. Schüchtern warf sie einen Blick auf Mikes Eltern. Mikes Mutter war eine schlanke, dunkelhaarige Frau mit einem freundlichen Lächeln, sein Vater hatte die gleichen roten Haare wie die Geschwister, nur das von seinen nur noch der Haarkranz übrig geblieben war, der seine Glatze umrahmte. Er hatte einen stattlichen Bauch und wirkte auf Aya wie ein freundlicher Buddha, wäre da nicht sein aufmerksamer Blick gewesen, dem nichts zu entgehen schien. Sie hatte Susanne gestern Nacht erlaubt, die Eltern in ihr Dilemma einzuweihen, und fragte sich, ob man darüber sprechen würde. Susanne hatte ihr dann mit ein paar Handgriffen ein Bett auf dem ausziehbaren Sofa in ihrem Zimmer hergerichtet und sie ohne viel Federlesens schlafen geschickt. Es hatte kaum eine Minute gedauert, da war sie eingeschlafen. Jetzt fühlte sie sich ausgeruht und sehr viel zuversichtlicher als in der Nacht.

Für die Familie Jansen schien ihre und Bens Anwesenheit nichts Besonderes zu sein. Susanne und Mike bissen kräftig in ihre Brötchen und plauderten zwanglos mit ihren Eltern. Von dem Fußballspiel gestern war die Rede, das die Mannschaft von Mike und Ben schmählich verloren hatte, von der Party, die Susanne besucht hatte, von dem Unterricht, den das Lehrerehepaar für morgen noch vorbereiten wollte. Erstaunlicherweise fühlte Aya sich wohl in dieser Gruppe von Menschen, die ihr eigentlich doch ganz fremd waren. Sie erfuhr, dass die älteste Tochter der Jansens nicht da sei, weil sie in Hamburg Architektur studiere, „sie hat aber genauso rotes Haar wie wir", ergänzte Mike. Seine Mutter seufzte, leider habe sie sich mit ihren Genen nicht durchsetzen können, scherzte sie. Alle lachten, und Aya fühlte, wie auch Ben sich ein wenig entspannte.

Das Frühstück war nahezu beendet, als Herr Jansen sich räusperte und Aufmerksamkeit heischend in die Runde blickte. Alle wandten sich ihm zu. Aya wusste, das er jetzt etwas zu ihrer Situation sagen würde und senkte den Blick.

„Nun", sagte Herr Jansen, „wie ich höre, haben wir ein junges Liebespaar hier am Tisch. Ein sehr junges Liebespaar", betonte er.

Mike zog bei dieser Eröffnung eine Grimasse und zwinkerte Aya zu. Sie musste lächeln. Ben fasste unter dem Tisch ihre Hand und drückte sie.

„Und es sieht so aus, dass die beiden Eltern werden sollen", fuhr Mikes Vater fort. „Was für sich genommen schon ein Problem darstellt, das nicht so leicht zu bewältigen sein wird, egal wie ihr euch entscheidet. Aber das ist nicht die einzige Schwierigkeit, die sich hier zeigt. Hinzu kommt, dass Ben in Deutschland lebt und Aya in Japan, also nicht gerade um die Ecke."

Alle schwiegen.

„Ben", fuhr Mikes Vater fort und wandte sich direkt an ihn, „als Erstes musst du deinen Eltern reinen Wein einschenken. Dann müsst ihr euch klar darüber werden, ob ihr das Kind bekommen wollt oder nicht und dann nach Wegen suchen, wie ihr eure Ausbildung fortsetzen und trotzdem zusammen bleiben könnt. Ich bin sicher, mit Hilfe eurer Eltern, hier und in Japan", dabei sah er Aya an, „könnt ihr es schaffen. Verliert nur nicht den Mut."

Eine Pause entstand.

„Eine schöne Ansprache, Herr Lehrer," sagte Mikes Mutter und fing an zu applaudieren.

Alle lachten, und die Anspannung löste sich.

Als Aya und Ben wenig später Hand in Hand durch die Königsberger Straße zurück zum Haus seiner Eltern gingen, schien die Sonne heiß von einem wolkenlosen Himmel. Aya hatte zwar noch keine Vorstellung davon, wie es nun weitergehen würde, aber sie war sicher, dass sie zusammen mit Ben einen Weg in die Zukunft finden würde.

Ein starker Abgang

Die Frau parkte ihren Kleinwagen auf dem schmalen Grünstreifen am Rand der Straße, die mitten durch das Waldgebiet führte. Sie nahm einen Schluck aus der Wasserflasche, stieg aus und holte ihre Walkstöcke aus dem Kofferraum. Während sie die Schlaufen über die Hände streifte und festzurrte, warf sie einen Blick zum Himmel. Nur einige weiße Wolken belebten das sommerliche Blau. Entschlossen packte sie die Stöcke und marschierte los.

Sie war nicht mehr jung, die Frau: weiße, kurzgeschnittene Haare, ein vom regelmäßigen Aufenthalt im Freien gebräuntes, faltiges Gesicht, eine knochige Gestalt mit leicht gebeugtem Rücken. Fünfundsiebzig, vielleicht an die achtzig Jahre mochte sie sein. Trotz ihres Alters schritt sie zügig aus, den links und rechts dicht bewachsenen Weg entlang. Außer ihr waren an diesem frühen Sonntagmorgen keine Menschen unterwegs im Wald. Hin und wieder blieb sie stehen. Nicht, weil sie sich ausruhen musste, sondern offenbar, um den Geräuschen des Waldes zu lauschen. Manchmal drehte sie sich langsam um sich selbst, mit einem versonnenen Lächeln auf den Lippen, als wolle sie die Vielfalt des Grüns, das um sie herum wucherte, oder die Schönheit der Sonnenflecken auf den Waldboden tief in sich aufnehmen.

Als die Frau in einiger Entfernung ein Reh auf den Weg hinaustreten sah, blieb sie stehen und verharrte. Das Reh hatte sie noch nicht gewittert; ruhig graste es am Wegrand. Einige Augenblicke vergingen. Ein Zweig knackte. Schon hob das Reh den Kopf und verschwand im Wald.

Etwa eine Stunde dauerte der Spaziergang. Leicht verschwitzt setzte sich die Frau wieder in ihr Auto. Sie legte eine CD mit Walzermelodien von Johann Strauß ein und fuhr los. Ohne besondere Eile durchquerte sie ein Dorf und nahm ihren Weg über die Landstraße. Nur wenige Autos kamen ihr entgegen.

Eine gerade Strecke lag nun vor ihr. Am Ende der Geraden machte die Landstraße eine scharfe Linkskurve. Ein paar Meter von der Straße entfernt in dieser Kurve stand eine Eiche, die ausladende Krone jetzt, im August, im vollen Blätterkleid. Die Frau in ihrem Kleinwagen beschleunigte und fuhr geradewegs auf diese Eiche zu. Wohl hundertzwanzig Stundenkilometer betrug die Geschwindigkeit, als das Auto gegen den meterdicken Stamm der Eiche prallte. Es wurde geradezu in Stücke gerissen. Als das Krachen und Splittern des Aufpralls endete, waren die Klänge von Strauss' 'An der schönen blauen Donau' weit über das abgeerntete Roggenfeld zu hören.

„Wer hat den Unfall gemeldet?", fragte Polizeiobermeister Hanns Gerdes einen der Männer in den Rotkreuzuniformen, die dabei waren, den Unfallort zu verlassen. Der Sanitäter wies auf einen jungen Mann, der an einen am Straßenrand geparkten PKW lehnte. Gerdes ging zu ihm und reichte ihm die Hand.

„Können Sie uns etwas über den Unfallhergang sagen?"

„So etwas habe ich noch nie gesehen. Die Frau ist einfach geradeausgefahren. Als hätte sie die Kurve überhaupt nicht gesehen." Immer wieder schüttelte er den Kopf.

„Sie waren also direkt hinter ihr?"

„Ja. Also nicht direkt. Ich war noch ein kleines Stück entfernt. Aber ich habe den roten VW natürlich genau gesehen. Einfach geradeausgefahren ist sie."

„Was haben Sie getan, als Sie den Unfall sahen?"

„Ich habe natürlich sofort gebremst und angehalten. Es hat einen furchtbaren Knall gegeben. Überall sind die Teile herumgeflogen. Ein Glück, dass ich nicht getroffen wurde davon. Es war schrecklich!"

„Sie haben dann sofort die Polizei gerufen?"

„Ja, mit meinem Handy. Ich bin zu dem Auto gelaufen, aber ich konnte nichts machen. Alles war zerfetzt und qualmte. Nur die Musik spielte noch. Grausam!"

Gerdes musterte das blasse Gesicht des Jungen.

„Lassen Sie sich von den Sanitätern versorgen. Sie haben sicher einen Schock erlitten."

Er wandte sich an seine Kollegen, die dabei waren, die Trümmerteile zu sichten und wegzuräumen und die Straße nach Bremsspuren abzusuchen. Die Leiche der Autofahrerin, die schon abtransportiert worden war, hatte mit einem Schneidbrenner aus dem total zerstörten Autowrack herausgeschnitten werden müssen.

„Haben wir schon was?", fragte Gerdes seinen Kollegen.

„Keine Bremsspuren, soweit ich sehe. Frontal gegen den Baum. Mit mindestens hundert Stundenkilometern. Das war kein Unfall. Wenn nicht Alkohol oder Müdigkeit eine Rolle gespielt haben, war es eindeutig Selbstmord."

Der weißhaarige Streifenpolizist schüttelte den Kopf. „Wenigstens ist kein anderer Verkehrsteilnehmer dabei zu Schaden gekommen", sagte er.

Dr. Herbert Schulze, seines Zeichens Rechtsanwalt und Notar, musterte die kleine Ansammlung von Menschen, die auf den gepolsterten Stühlen in seinem geräumigen Büro Platz genommen hatten. Der Reihe nach verlas er die Namen und Geburtsdaten der Anwesenden. Franziska Peters, seine alte Freundin, hatte eine große Familie gehabt. Drei Töchter und einen Sohn, alle verheiratet, und inzwischen sieben Enkelkinder. Wie stolz sie gewesen war, dass aus allen 'etwas geworden 'war, wie sie sich ausgedrückt hatte. Nichts Besonderes freilich. Aber alle hatten einen guten Beruf und ihr Auskommen, die Enkel waren wohlgeraten, studierten, befanden sich in einer handwerklichen Ausbildung oder gingen noch zur Schule. Größere, wirklich ernstzunehmende Probleme hatte es in Franziskas Familie nie gegeben. Selbst als ihr Mann, mit dem sie mehr als fünfzig Jahre verheiratet gewesen war, vor gut einem Jahr plötzlich an einem Schlaganfall gestorben war, hatte sie ihre Lebensfreude nicht verloren.

Jetzt saßen sie vor ihm, die von Franziska am meisten geliebten Menschen, mit angespannten, von Trauer gezeichneten Gesichtern. Gewiss war es nicht leicht für sie, den Selbstmord der Mutter zu verkraften. Wo doch Franziska mit ihrem heiteren, optimistischen Wesen immer das Zentrum der Familie gewesen war.

„Liebe Familie Peters. Lassen Sie mich Ihnen zunächst mein tief empfundenes Beileid zum Tode Ihrer Mutter und Großmutter ausdrücken."

Teresa, die neunzehnjährige Tochter von Franziskas Ältestem, dem Malermeister Frank Peters, fing an zu schluchzen. Ihre Mutter reichte ihr fürsorglich ein Papiertaschentuch.

Dr. Schulze fuhr fort: „Ich verstehe, dass die besonderen Umstände ihres Todes es Ihnen besonders schwer machen, den Verlust zu ertragen. Und das der Freitod viele Fragen aufwirft. Ich hoffe, Sie werden heute Antworten auf diese Fragen erhalten."

Er machte eine kleine Pause und sah in die gespannten Gesichter.

„Wie Sie sicher wissen, hat mich eine jahrzehntelange Freundschaft mit Ihrer Frau Mutter verbunden. Deshalb hat sich Franziska mit der Bitte um eine ungewöhnliche Testamentform an mich gewandt."

Er nahm eine DVD aus einem Aktenordner und verlas eine notariell beglaubigte Bescheinigung, dass Frau Franziska Peters diese DVD in seinem Beisein am 24. Juni 2020 in seinem Büro aufgenommen hatte.

Erstauntes Gemurmel breitete sich unter den Familienangehörigen aus. „Ich wusste gar nicht, dass Oma wusste, wie man mit einer DVD umgeht", flüsterte der sechzehnjährige Mirco seiner neben ihm sitzenden Schwester zu.

Der Notar räusperte sich.

„Wir werden uns jetzt diesen Film gemeinsam anschauen. Damit ist das Testament Ihrer Frau Mutter offiziell eröffnet. Sie erhalten im Anschluss eine beglaubigte Kopie der DVD."

Dr. Schulze erhob sich und legte die Disc in den Recorder ein, der unter einem großen Flachbildschirm auf einem Transportwagen an der Wand seines Büros stand, rückte den Wagen in Stellung, sodass alle gut sehen konnten, und schaltete das Gerät ein.

Auf dem Bildschirm erschien Franziska in Großaufnahme. Sie lächelte direkt in die Kamera. Ihr altes Gesicht legte sich dabei in tausend Fältchen. Ihre tiefliegenden grauen Augen blitzten.

„Meine liebe Familie", begann sie. Offenbar machte sie das Sprechen in eine Kamera verlegen, denn sie brach ab und sah dorthin, wo vermutlich ihr Freund, der Notar stand. Dann straffte sie die Schultern, blickte wieder in die Kamera und fuhr fort:

„Ich habe mir genau überlegt, was ich sagen will. Ich kann mir denken, dass ihr jetzt, wo ich tot bin, traurig und erschüttert seid. Aber ich hoffe", ein fast verschmitztes Lächeln erschien auf ihrem Gesicht, „nein, ich bin sicher, wenn ihr diese Aufnahme zu Ende angesehen habt, werdet ihr weniger traurig sein." Eine Pause entstand. Das Gesicht der alten Frau wurde ernst.

„Zuerst das Traurige. Ja, ich habe meinem Leben ein Ende gesetzt. Ich will euch sagen, warum. Als du, lieber Frank, mich neulich mit Teresa besucht hast und ihr vor meiner Haustür gestanden habt, da habe ich euch nicht erkannt. Ich sah vor mir einen fremden Mann und ein mir völlig unbekanntes junges Mädchen. Erst nach mehreren Minuten, ihr wart schon völlig unbefangen ins Haus gegangen und hattet mich mit 'Hallo, Mama und hallo, Omi' begrüßt, habe ich mich an euch erinnert. Ihr wisst sicher, was das bedeutet. Ja, ich habe Alzheimer. Ich weiß es schon eine ganze Weile. Dr. Jakobs hat mir genau erzählt, wie die Krankheit verläuft und was unweigerlich auf mich zukommt. Ich habe lange darüber nachgedacht und ich habe mich entschieden: Ich will das nicht." Franziska holte tief Luft und fuhr sich kurz mit der Hand durch ihr weißes Haar.

„Wisst ihr, ich bin jetzt achtundsiebzig Jahre alt. Ich habe ein wunderbares Leben gehabt. Sicher, es gab auch Zeiten, da war es nicht ganz leicht. Aber ich hatte Gerd, meinen lieben Mann, und ich hatte euch, meine Kinder, und die tollen Enkel. Ich will nicht alles nach und nach vergessen, bis am Ende nichts mehr von mir übrig ist und mein Körper nur noch eine Last ist für mich und für andere." Wieder entstand eine Pause. Franziska räusperte sich und blinzelte die Tränen fort, die ihr in die Augen gestiegen waren.

Dann richtete sie ihre hagere Gestalt auf, und ein strahlendes Lächeln erschien auf ihrem Gesicht.

„Aber ich habe auch eine gute Nachricht für euch, meine Lieben, und ich freue mich sehr, euch an diesem für euch sicher traurigen Tag eine solche Überraschung bereiten zu können. Ihr erinnert euch doch noch, dass Papa und ich jahrzehntelang im Lotto gespielt haben? Und was glaubt ihr? Jetzt habe ich gewonnen! Sechs Richtige mit Zusatzzahl! Fünf Millionen Euro! Ich habe Herrn Dr. Schulze gebeten, das Geld gleichmäßig unter euch Vieren aufzuteilen. Ich habe es nicht angerührt. Es liegt sicher auf einem Konto bei der Bank." Wieder lächelte die Greisin.

„Wenn ich mir jetzt eure Gesichter vorstelle! Schade, dass ich das nicht mehr erlebe."

Sie hob ihre Hand und winkte ungeschickt in die Kamera.

„Macht's gut und habt ein schönes Leben! Ich liebe euch alle!"

Damit verschwand Franziskas Gesicht vom Bildschirm.

So einfach

A: „Eigentlich wäre es so einfach.“

B: „Was wäre einfach?“

A: „Die Welt zu einem Paradies auf Erden zu machen.“

B: „Ach?“

A: „Ja! Man müsste nur alle Waffen abschaffen.“

B: (skeptisch) „Hm!“

A: „Ja! Stell dir mal vor, es gäbe keine Gewehre, keine Kanonen, keine Bomben, keine Panzer und so weiter. Nichts, womit die Menschen sich töten oder ihre Städte in Schutt und Asche legen könnten. Wenn zwei Gruppen sich streiten wegen irgendeiner Weltanschauung oder Religion oder Nationalität, dann müssten ihre Anführer mit bloßen Fäusten aufeinander losgehen. Dabei würden sie sich allenfalls eine blutige Nase holen.“

B: (kichert) „Dabei würde ich gerne einmal zuschauen.“

A: „Aber im ernst: Letztlich würde man miteinander reden müssen. So lange diskutieren und argumentieren, bis man sich schließlich einigt oder einen Kompromiss findet.“

B: (schweigt nachdenklich)

A: (ereifert sich) „Weißt du eigentlich, wieviel ein Panzer kostet? Oder ein Kampfflugzeug? Oder solch ein riesiger Flugzeugträger?“

B: „Keine Ahnung. Millionen, Milliarden ...?

A: „Ich habe gelesen: Für das Geld, das die Waffensysteme der Staaten weltweit kosten, könnte man die gesamte Menschheit mühelos ernähren. Und das viermal!"

B: „Sag bloß!"

A. „Ja. Und stell dir nur mal vor, was die Soldaten kosten! Man muss sie ja nicht nur ernähren und unterbringen, sondern sie auch ausbilden und trainieren. Und das jahrelang. Überall auf der Welt."

B: „Wenn es also die Waffen nicht mehr gäbe, würde man unheimlich viel Geld sparen."

A: „Und nicht nur das. Denk nur mal daran, wie viel menschliche Energie und Kreativität dazu verwandt wird, sich immer neue Waffen auszudenken! Und wie viel wertvolle Rohstoffe dafür vergeudet werden. Was man damit alles machen könnte ...!"

B: (zunehmend engagiert) „Man könnte das Geld zum Beispiel in die Forschung stecken, um Krankheiten auszurotten oder Naturkatastrophen zu verhindern ..."

A: „Oder in die Bildung und Aufklärung, die Wissenschaft, die Kunst, die Technik. Oh, es gibt so viele Möglichkeiten, wie wir Menschen uns das Leben auf der Erde verschönern könnten!

B: (nickt zustimmend)

A: „Und man könnte ..."

Ein kräftig gebauter Mann im weißen Kittel nähert sich dem heftig gestikulierenden Mann, der allein auf der Parkbank sitzt.

„Na, Professor, führen wir wieder einmal Selbstgespräche?“

Der Mann auf der Bank sieht ihn irritiert an. Der Pfleger fasst ihn am Arm und zieht ihn hoch.

„Kommen Sie, Professor, es ist schon halb sechs. Zeit fürs Abendessen. Sie wissen doch, die Schwestern möchten gern pünktlich Feierabend machen.“

Zwiegespräch

„Hast du Angst vor dem Tod?"

Die Frau im Spiegel sieht mich eindringlich an.

„Vor dem Tod? Eigentlich nicht. Eher vor dem Sterben. Vor den Schmerzen. Oder dass ich dahinsieche."

„Aber gegen die Schmerzen kann man heutzutage etwas tun. Davor brauchst du keine Angst zu haben."

„Aber was ist, wenn ich nicht mehr Herr über meinen Körper bin? Wenn meine Sinne und mein Verstand nicht mehr richtig funktionieren und ich abhängig bin von der Barmherzigkeit anderer? Davor habe ich Angst."

„Und der Tod selbst? Macht er dir keine Angst? Da du nicht an Gott glaubst, hast du nicht die Hoffnung auf ein Leben danach."

„Wenn ich an den Tod selbst denke, spüre ich keine Angst. Nur Bedauern. Ich bedaure es zutiefst, dass ich nicht mehr erleben werde, was aus der Erde wird und aus der Menschheit, diesem Funken Selbstbewusstsein in der Weite des Universums, von dem ich ein winziges Teilchen bin. Wie gerne würde ich in hundert, tausend oder einer Million Jahren wiederkommen und sehen, was aus der mir vertrauten Welt geworden ist."

Ich betrachte das alte Gesicht im Spiegel, sehe die Falten und Runzeln und denke: Nur noch wenige Jahre. Zu schade!

Ich möchte darüber sprechen, wie es ist, eine Frau zu sein. Nein, nicht über die Gleichberechtigung der Frau oder über die sogenannte Emanzipation, dies leidige Thema wird uns sowieso noch über Jahrzehnte, ach, was sage ich, über Jahrhunderte beschäftigen. Man muss ja nur in Länder schauen wie Afghanistan oder in den Nahen Osten oder nach Afrika, um zu sehen, welcher Grad an Gleichberechtigung dort den Frauen zuteilwird. Da haben wir Europäerinnen es ja noch gut.

Nein, davon will ich gar nicht reden. Sondern von dem Körper der Frau. Und wie ungerecht die Natur dabei mit uns umgegangen ist. Das fängt schon sehr früh an, nämlich wenn du im Alter von elf, zwölf Jahren am Morgen plötzlich entdeckst, dass dein Höschen blutig ist. Gestern hast du noch begeistert mit deiner Sammlung von Barbiepuppen gespielt, und heute sagt dir deine Mutter mit verhaltenem Stolz in der Stimme: Jetzt bist du eine Frau! Natürlich, du bist aufgeklärt. Im Sexualunterricht in der Schule hast du gelernt, wie das vor sich geht mit der Zeugung und dem Kinderkriegen. Du schaust an deinem dünnen Kinderkörper herunter und denkst: Was? Wie soll jemals da unten solch

[127]

ein riesiges Kind herauskommen können? Schnell verdrängst du den beängstigenden Gedanken wieder.

Du lernst, mit den verschiedenen Sorten Binden umzugehen, denn es ist für dich noch völlig undenkbar, einen Tampon mit dem Finger so weit einzuführen, dass er nicht mehr herausrutscht. Aber mit der Zeit lernst du auch das. Und du gewöhnst dich daran, dass deine „Tage" grundsätzlich nachts einsetzen, jedes Mal, und dass du wieder einmal nicht nur Höschen und Nachthemd, sondern auch das Bettlaken wechseln und die Matratze reinigen musst. Genauso wie du dich damit abfindest, dass dir am Oberkörper zwei seltsame Beulen wachsen, die du zu verstecken versuchst, indem du die Schultern nach vorne beugst und weite Pullover trägst. Halt dich gerade, schimpft deine Mutter, oder willst du einen Buckel bekommen! Es hilft nichts, dein Körper entwickelt sich, und du wirst eine Frau.

Nun bist du in der Pubertät glücklich an Magersucht und Bulimie vorbeigeschrammt und findest mit Zwanzig, dass dein Körper eigentlich doch einigermaßen in Ordnung ist. Natürlich nicht ganz, denn deine Oberschenkel sind eigentlich zu dick, die Fesseln nicht schlank genug und die Brüste könnten auch um einiges größer sein. Aber nun gut. Irgendwann hattest du deinen ersten Sex. Es hat schon ganz schön wehgetan, aber du hast dir nichts anmerken lassen, denn du wolltest den Jungen, der dich in aller Unbeholfenheit entjungfert hat, nicht damit belasten. Hauptsache, er war glücklich. Du bist emanzipiert und studierst, lernst weitere Männer kennen, hast manchmal guten, manchmal weniger guten Sex, gelegentlich erlebst du sogar einen Orgasmus.

Dann wirst du schwanger. Du heiratest. Natürlich, du bist noch mitten im Studium, aber deine und seine Familie freuen sich, und irgendwie findest du es ja auch gut, ein Kind zu bekommen. So ein Baby ist doch so süß! Und ihr wolltet doch sowieso Kinder haben, nicht wahr? Der schönste Tag in deinem Leben soll es sein. Niemand bekommt mit, dass du dich in deinem weißen Kleid auf der Toilette übergeben musst, denn die Hormone spielen verrückt in deinem Körper. Überhaupt die Hormone! In den ersten drei Monaten wird jede Mahlzeit, die du heißhungrig verschlingst, umgehend in die Toilette entsorgt. Ab dem fünften Monat passen dir deine Klamotten nicht mehr und du entwickelst die seltsamsten Gelüste, im siebten Monat kannst du nicht mehr auf dem Bauch schlafen, wie du es seit deiner Kindheit gewöhnt warst, ab dem achten Monat musst du ständig zur Toilette und schließlich kommst du dir vor wie eine Elefantenkuh oder ein Nilpferd, das sich vom Stuhl in den Sessel und von da aufs Sofa wälzt, denn du kannst weder stehen noch sitzen noch liegen. Du wünscht dir nichts sehnlicher, als dass es endlich, endlich kommt, das Baby!

Und dann ist es so weit. Es fängt ganz harmlos mit einem leichten Ziehen im Rücken an, steigert sich dann aber kontinuierlich über Stunden, wird immer schlimmer und will und will nicht aufhören, obwohl du immer öfter denkst: Noch eine Wehe, und ich sterbe! Und dann kommt das große Finale: Du schreist und schwitzt und hechelst und wünscht dir, nie mit einem Mann geschlafen zu haben. Immer wieder hast du das Gefühl, dass dein Unterleib schlicht mit Gewalt auseinandergerissen wird, du presst und hechelst, presst und hechelst, und gerade, als du denkst, ich will jetzt sofort sterben, hörst du einen sanften Klaps und das Quäken eines Kindes. Als die Schwester dir das rundliche Etwas in den Arm legt, denkst du nur noch: wie süß, und schläfst ein.

Wieder zu Hause, sagt dir der erste Blick in den Spiegel: Deine Figur ist im Eimer. Du musst was tun, schließlich bist du noch keine dreißig! Also: Jogging, Fitnessstudio, Bauch - Beine -Po-Gymnastik und Diät. Der JoJo Effekt sorgt dafür, dass du das ganze einige Male wiederholen musst, bist du endlich wieder einigermaßen in Form bist. Genau in dem Moment wirst du wieder schwanger. Natürlich, denn dein Sohn soll ja nicht als neurotisches Einzelkind aufwachsen. Also alles noch einmal von vorn: Übelkeit, Elefantenkuh, Sterben wollen, oh wie süß. Aber nun ist wirklich Schluss, schwörst du dir.

Schließlich bist du emanzipiert und willst endlich beruflich durchstarten. Irgendwie kriegst du alles unter einen Hut: Mann, Kinder, Haushalt, Beruf. Natürlich hinterlässt der Stress auch körperliche Spuren: Krähenfüße, schlaffe Haut, und, kaum zu fassen: die ersten grauen Haare! Die Kosmetikindustrie fängt an, gut an dir zu verdienen. Die morgendlichen Restaurierungsarbeiten im Bad nehmen zunehmend Zeit in Anspruch, aber schließlich bist du noch keine vierzig, und dein Mann will schließlich auch noch etwas von dir haben.

Irgendwann, zwischen fünfundvierzig und fünfzig - du stehst mitten im Leben, die Kinder sind schon fast aus dem Haus und du planst gerade den nächsten Karriereschritt - bleibt deine Regel aus. Die Schrecksekunde dehnt sich zu einer Schreckminute aus. Das kann, das darf ! doch nicht wahr sein! Mit Mitte vierzig noch einmal schwanger? Dein

Frauenarzt beruhigt dich: Nein, es ist nur die einsetzende Menopause, das Klimakterium oder, auf gut Deutsch; die Wechseljahre. Die Wechseljahre? Um Gottes willen, bist du schon so alt? Und wenn du jetzt keine Kinder mehr bekommen kannst: Bist du dann überhaupt noch eine Frau? Du heulst eine Nacht durch, dann raffst du dich auf, putzt dir die Nase und denkst: Na, wenigstens bin ich nicht schwanger. Und schließlich hat es auch sein Gutes: Der „rote Fluch" hat jetzt ein Ende.

Aber du hast nicht mit den Hormonen gerechnet, die bei dieser Gelegenheit wieder einmal verrücktspielen in deinem Körper und dir das Leben zur Hölle machen. Da ist harmlos von Hitzewallungen die Rede und von Schweißausbrüchen. Aber was wirklich mit dir geschieht ist Folgendes. Völlig unerwartet dreht irgendjemand in deinem Bauch einen Regler von moderaten 36 Grad auf 200, so dass eine grandiose, überwältigende, unvorstellbare Hitzewelle von der Mitte aus durch deinem ganzen Körper jagt. Dein Herz klopft zum Zerspringen, dein Kopf droht zu platzen, dein Gesicht läuft puterrot an. Nach der ersten Welle reagiert deine Haut, wie sie eben reagiert auf übergroße Hitze: Sie sondert Schweiß ab, um den Körper abzukühlen. Der lässt aber nicht nach mit seiner Hitze, und so bist du im Nu schweißgebadet. Ein Aufguss in der auf 90° angeheizten Sauna ist nichts dagegen. Du lernst, dass du auch in den Ohren und zwischen den Zehen schwitzen kannst.

Das Ganze hält etwa zehn Minuten an. Es passiert tagsüber mit Vorliebe dann, wenn du vor Publikum stehst oder bei Tisch mit Kollegen sitzt oder in der Straßenbahn gerade ein Ticket löst oder im Supermarkt in der Schlange wartest.

Besonders aber nachts. Etwa jede Stunde wachst du auf, weil dein Herz anfängt zu rasen und es losgeht. Vier, fünf Mal in der Nacht. Du wechselst jedes Mal dein Nachthemd oder T-Shirt, manchmal sogar das Laken. Und bekommst keinen Schlaf. Wenn du mit den Nerven am Ende bist, probierst du jeden Fenchel- , Rosmarin-, Baldrian- oder grünen Tee aus, den die Apotheke zu bieten hat, dazu sämtliche Pillchen, Tablettchen oder Pülverchen, die es gibt. Nichts hilft. Dein Frauenarzt sagt, das Einzige, was hilft, sind Hormone, um die fehlenden Hormone zu ersetzen, aber da ist natürlich das Krebsrisiko. Egal, denkst du, her damit. Lieber ein paar Jahre eher sterben, als diese Tortur noch länger auszuhalten. Also nimmst du die Hormone, und es geht dir besser.

Mit fünfzig fängt dein Körper an, sich unmerklich zu verändern: Nicht nur, dass sich nach und nach immer mehr Pfunde ansammeln, obwohl du schwörst, beim Leben deiner Kinder, nicht mehr zu essen als sonst. Nein, es gehen merkwürdige Verschiebungen vor: Dein Po wird immer flacher, dafür wird dein Busen voluminöser und deine Taille verschwindet. Du fängst wieder an zu joggen, gehst dann aber zum Nordic Walking über, weil das Joggen doch zu anstrengend ist. Du färbst deine Haare, weil du dir noch zu jung vorkommst für das viele Grau, und probierst die sündhaft teuren Anti-Aging-Cremes aus. Es hilft nichts: Du wirst alt.

Und du wirst unsichtbar. Die Blicke der Männer gehen über dich hinweg, an dir vorbei, durch dich hindurch. Sie nehmen dich einfach nicht mehr wahr. Kein bedeutsames Augenbrauenhochziehen mehr, kein angedeutetes Lächeln, kein intensiver Blickkontakt, der dir sagt, du bist noch begehrenswert für das andere Geschlecht. Und spätestens an deinem sechzigsten Geburtstag kannst du dich einreihen in das Heer der Sechzig- bis Fünfundneuzigjährigen, die man kollektiv als „ältere Frauen" bezeichnet.

An Sex ist schon lange nicht mehr zu denken, denn dein Mann ist wahrscheinlich an einem Herzinfarkt gestorben, weil er den beruflichen Stress nicht aushielt, das Weichei, oder er hat dich wegen einer zwanzig Jahre Jüngeren verlassen, weil er ungerechterweise wie Sean Connery mit dem Alter nur noch attraktiver geworden ist und sich natürlich nicht mit einer alten Schachtel wie dir mehr sehen lassen kann.

Schließlich, irgendwann so um die Siebzig herum, hast du dich mit deinem Körper abgefunden. Du findest dich mit deinen Kegelschwestern auf einer Donaukreuzfahrt wieder, ihr genießt die schöne Landschaft, den Prosecco und das gute Essen - auf die Figur brauchst du ja jetzt keine Rücksucht mehr zu nehmen - und bist zufrieden. Immerhin beschert dir dein Frauenkörper eine wesentlich längere Lebenserwartung als den Männern, zäh und widerstandsfähig wie er ist. Zum Wohle, Schwestern!

Ende

Weitere Publikationen der Autorin

Zeit der Kornblumen
Roman, 2015, BoD Norderstedt, ISBN 9783734799556

Der Roman erzählt die Geschichte einer außergewöhnlichen Frau vom Lande, die den Mut hat, noch im fortgeschrittenen Alter ihrem Leben eine radikale Wende zu geben.

Der Tod ist nicht fair – das Leben auch nicht
Kurzkrimis und andere Erzählungen, 2016, BoD Norderstedt, ISBN 978373920480

In achtzehn spannenden, oft dramatischen oder skurrilen Geschichten schildert die Autorin schicksalhafte Ereignisse mitten aus dem Leben der Menschen.

Diese verdammte Sehnsucht
Roman, 2019, BoD Norderstedt, ISBN 9783748190615

Der Roman handelt von der Liebe in den Zeiten des Internets. In einem Genremix aus Krimi und Liebesroman erzählt er eine Geschichte von Vertrauen und Betrug, Leidenschaft und Enttäuschung und von der Möglichkeit, ganz neue Wege zu gehen.

Ich bin nicht Eva

Psychothriller, 2022 Verlag tredition, Hamburg, ISBN 97837497976622

Auf zwei Zeitebenen entwickelt sich die dramatische Lebensgeschichte einer Frau, die durch eine traumatisierende Jugend aus der Bahn geworfen wird.

Schuld Sein

Roman, 2024, BoD Norderstedt, ISBN 9 783758374012

Die Geschichte von sechs Menschen, die sich auf eine ungewöhnliche Reise begeben, verlockt durch das Versprechen auf viel Geld. Aber da gibt es eine fatale Bedingung, die die Reisenden mit ihrer jeweiligen Vergangenheit konfrontiert.

Für Krimiliebhaber und -liebhaberinnen:

Die Mutter des Kommissars und das französische Mädchen, Regionalkrimi, 2016, Isensee Verlag Oldenburg, ISBN 9 781730813188

Die Mutter des Kommissars und das schweigende Kind, Regionalkrimi, 2017, BoD Norderstedt, ISBN 9 783744854764

Die Mutter des Kommissars und die Händler des
Todes, Regionalkrimi, 2020, BoD Norderstedt,
ISBN 978351955430

Die Mutter des Kommissars und das doppelte
Grab, Regionalkrimi, 2023, BoD Norderstedt,
ISBN 9783744809764

Und außerdem:

Fuhlsbütteler Blutjuwelen
Detektivroman, 2022, Gmeiner Verlag,
ISBN 9783839201350

Eine spannende, humorvolle Detektivgeschichte mit einem sympathischen Ermittler, der in Hamburgs Norden
auf unorthodoxe Weise seine Fälle löst.